경희: 모던 걸 런웨이

일러두기

* 이 이야기는 실제 역사적 사실을 모티브로 새롭게 창작되었습니다.
* 기울임 표기는 외국어 표기를 의미합니다.

경희: 모던 걸 런웨이

초판 1쇄 │ 2025년 3월 20일

지은이 │ 고혜원
표지 디자인 │ 이응
본문 디자인 │ S-design
편   집 │ 박일구
펴낸이 │ 강완구
펴낸곳 │ 도서출판 써네스트
출판등록 │ 2005년 7월 13일 제2017-000293호
주   소 │ 서울시 마포구 양화로 56, 1521호
전   화 │ 02-332-9384   팩 스 │ 0303-0006-9384
이메일 │ sunestbooks@yahoo.co.kr
ISBN 979-11-94166-49-8 03810 값 15,000원

© 고혜원 2025

고혜원 장편소설

경희:

모던 걸
런웨이

씨네스트

차례

1919년 경성, 봄

올해 아홉 살이 된 경희는 비를 홀딱 맞은 채, 경성 거리 한복판에 서 있었다. 경희의 몰골은 한마디로 남루했다. 경희의 여린 입술은 피가 터졌고, 뺨을 맞은 볼은 붉게 부어올랐다. 경희는 어디로 가야 할지 몰랐다. 거리의 사람들은 모두 갑자기 내린 장맛비에 비를 피해 달리고 있었다. 처마 밑이든, 카페든, 잠시 몸을 피할 수 있는 곳으로. 어디로 가야 으슬으슬 떨리는 몸을 따뜻하게 덥혀줄 수 있을까. 얼른 축축한 옷을 벗어내고, 뽀송한 옷을 입어야 한다는 생각뿐이었다. 그렇게 양복점 '러키라케' 앞에 섰다. 경희가 작은 주먹으로 문을 두드렸다.

똑, 똑, 똑.

열리지 않는 문을 보며 경희는 양복점 문 앞에 오기까지를 떠올렸다. 어떻게 여기까지 왔더라. 빗물과 눈물이 뒤섞여 경희의 볼 위로 흘렀다. 온몸이 아팠고, 그래서 어디가 아프다고 말할 수 없었다. 그저 닫힌 문 앞에서 경희는 제발 누구든 문을 열어달라고 빌고 있었다.

석 달 전, 1919년 봄

"이게 더 예쁘다!"

경성에서 조선인들이 모여 사는 북촌에서도, 가장 외곽 언덕 위에 있는 작은 초가집에서 아침마다 들려오는 소리였다. 초가집에 살고 있던 갓 열아홉이 된 장녀 경순과 아홉 살인 막내 경희의 목소리였다. 자매끼리만 사는 그들의 사연을 이웃들은 그다지 궁금해하지 않았다. 아니, 사연을 궁금해할 필요조차 없었다. 이 시대에 부모를 잃은 아이들끼리 사는 게 특이한 일이 아니었으니까. 그저 몇몇 동정을 받을지언정, 이상한 일은 아니었다. 밤사이 조선인 누구 한 명 죽어도 아무 일도 아닌 시대였다. 순사들에게 가장 두려운 것은 조선인의 죽음이 아니라, 그들의 안위뿐이었다. 그러니 경성의 변두리, 그곳에 사는 이들의 삶은 관심 밖이었다.

그렇게 있는 듯 없는 듯 살던 자매에게 가장 빼놓을 수 없는 일과라면 외출복을 고르는 일이었다. 아니, 정확히 말하자면 아홉 살인 경희에게 중요했다. 학교에 가지 못했던 경희는 이웃집에도 또래 아이가 없던 터라 매일 혼자 집을 지키기 일쑤였다. 그렇기에 이른 아침 외출을 준비하는 경순의 옷을 골라주는 일은 경희의 일과 중 유일하게 설레는 시간이었다. 허름하고 작은 옷장 안에 있는 옷들은 고작 몇 벌이었지만, 그중에서 가장 아름다운 저고리를 골라내는 것이 경희만의 즐거움이었다. 경희는 작은 몸으로 옷장 안에 아예 들어가 저고리를 골랐다. 몇 없지만, 그중에서도 오늘 경희가 택한 건 청록색 저고리였다.

"이게 더 예뻐?"

경순이 경희가 새로 골라준 저고리를 몸에 대어 보며 물었다. 경희는 고개를 크게 끄덕였다. 이에 경순은 장난스레 입을 살짝 삐죽대더니 입고 있던 황갈색 저고리를 내려다보며 말했다.

"이게 그렇게 별로야?"

경희는 단호히 고개를 저었다. 아주 엄한 표정을 하고서, 경순이 입고 있던 황갈색 저고리의 끄트머리를 가리켰다.

"그건 바느질부터가 별로야. 얼른 갈아입어!"

경희가 가리킨 곳을 살펴본 경순이 작게 풀린 저고리의 실밥을 발견했다. 정작 저고리의 주인인 경순은 한 번도 보지 못한 작은 실밥이었다. 항상 그랬다. 경희는 그런 작은 것들을 보는 재주가 있었다. 경희의 말을 듣고서 고분고분하게 저고리를 갈아입은 경순은 자신의 앞에서 작은 거울을 들고 있는 경희를 바라봤다. 자신이 원하는 대로 입은 언니의 옷이 마음에 드는지 경희가 해맑게 웃었다. 오늘도 만족스러운 아침이었다.

"경희야, 이리 와봐."

경순은 경희가 들고 있던 거울을 낮은 책상 위에 세우고 경희에게 옆에 서라며 손짓했다. 경희는 경순의 손짓에 따라 나란히 서서 거울을 바라보았다. 나이 차가 나는 만큼, 키 차이 역시 꽤 나서, 경순의 허리쯤에 경희의 머리가 닿았다. 경순은 작고 동글한 경희의 머리를 쓰다듬으며 말했다.

"봐봐, 참 예쁘다. 그치? 네가 골라준 저고리가 아주 나한테 잘 어울린다. 고마워."

그 말에 경희의 작은 광대가 높게 솟았다. 경희는 잔뜩 뿌듯한 표정으로 거울을 바라봤다. 거울 속에 나란히 서 있는 언니와 키 차이가 나지 않을 정도로 훌쩍 컸으면 좋겠다고 생각했다.

"그치? 내가 안목이 좀 있다니까!"

"그러게. 우리 동생은 그런 걸 어디서 배웠지?"

"타고난 거지."

이른 아침부터 까르르거리는 자매의 웃음소리가 초가집을 가득 채웠다. 일찍이 돌아가신 부모님을 두고 경순과 경희가 살아갈 수 있었던 건, 이런 순간들 덕분이었다. 사연 없는 집이 없는 시대에 어린 자매는 단둘만 있으면 충분했다. 넉넉하진 않지만, 그래도 항상 이전보다 나아지는 삶이었다. 뒤로 퇴보하지는 않았다. 더는 뒤로 갈 곳이 없었으니, 앞으로 나아갈 일뿐이었다.

"늦었다!"

이리저리 옷을 입어보다 아차 싶은 경순이 빠르게 작은 봇짐을 챙겨 어깨를 가로질러 맸다. 마루에 앉아 다 낡은 짚신을 신고 있는 경순의 뒤로 슬그머니 경희가 다가와 섰다. 조금은 섭섭한 표정으로. 작은 손가락을 매만지면서.

"얼른 와야 해."

"응, 서둘러 올게."

경희의 눈썹은 서운하다는 듯 아래로 축 처졌다. 경순이 경희의 동그란 머리를 한 번 더 쓰다듬었다. 따뜻한 손길에 경희의 눈썹은 다시 올라가 가벼운 미소로 배웅했다. 그제야 경순은 안도하는 마음으로 집을 나섰다. 같은 여학교에 다니고 있다는 동무들과의 약속에 늦었다던 경순은 서둘러 언덕 아래로 내려갔다. 멀어지던 경순의 뒷모습은 경희의 시야에서 점차 사라졌다. 경희는 홀로 마루에 앉아 경순이 떠난 자리를 한참 바라봤다. 아침 해가 떠올라 하늘이 점차 푸르러졌다. 경희는 언니가 사라진 언덕 아래를 보다 푸른 하늘을 바라봤다. 분명 해가 까무룩 질 때쯤, 돌아올 터였다. 항상 그랬으니까.

홀로 남은 경희는 마루에 앉아 경순을 기다리며 바느질을 시작했다. 아까 경순이 벗고 간 황갈색 저고리에서 뜯어진 솔기 부분을 야무진 손으로 한땀 한땀 꿰맸다. 매일 밤, 경순과 함께 삯바느질하는 시간은 경희가 제일 좋아하는 시간이었다. 천과 실이 함께인 것도 좋고, 밖에서 시간을 보내고 온 경순이 경희에게 미주알고주알 있었던 일들을 풀어주는 시간이어서 좋았다. 요즘 경순은 동무들과 함께 시간을 보내는 일에 잔뜩 열중하고 있었다. 이따금 경희가 이해하기 어려운 말도 했다.

"곧 세상이 바뀔 거야."

"세상이 바뀐다는 게 뭐야?"

"나라의 주인이 바뀐다는 뜻이야."

"그게 그렇게 중요한 거야?"

"그럼, 엄청 중요한 거야. 그걸 잊으면 안 돼."

경희는 경순이 자꾸 어려운 말을 할 때면, 오히려 경순이 갖고 온 삯바느질에 열중했다. 더 재밌는 일을 말해달라는 일종의 시위였다. 경희가 그런 낌새를 보이면 경순도 자연스레 경희의 바느질을 과장해서 칭찬했다.

"경희는 어쩜 그렇게 바느질을 잘해?"

별말 아닌, 그 말 한마디에 경희의 마음이 쉽게 풀려버릴 것임을 경순은 아주 잘 알았다. 칭찬을 들은 경희는 어깨를 들썩이며 대답했다.

"재밌잖아. 그래서 더 잘하고 싶어."

그 말에 경순은 자신이 바느질하던 일감을 내려놓고 한숨을 쉬었다.

"언니는 지루하던데, 학교에서도 바느질 수업이 웬 말이야. 그놈의 현모양처 되기가 쉽지가 않다고. 수(繡) 놓을 시간에 수(數) 하나를 더 배우지."

"그래서 맨날 언니가 안 하고 온 바느질 숙제는 내가 다 하잖아."

"그래서 언니가 경희 말이라면 다 들어주잖아."

"그럼 다음엔 시내에서 빵을 사다주라! 그게 그렇게 신기한 맛이래."

"으이구, 그건 또 누구한테 들어가지구."

"선영 이모가 나한테 자랑했단 말야! 자기는 먹어봤다고."

"알았어. 다음엔 꼭 사올게."

경희는 빵을 사려면 돈이 많이 필요하고, 그래서 언니가 말하는 다음이라는 것이 한참 후의 일이 될 것임을 알았음에도 일부러 더 떼를 썼다. 집 밖에 나가서 자기 생각을 좀 해줬으면 해서. 경희의 세상엔 경순을 제외하고는 아무도 없었으니까. 오늘 저녁도 언니와 그 시간을 보내겠지, 언니가 보고 온 바깥의 일들을 들을 수 있겠지, 기대하는 마음으로 경희는 수를 놓았다. 언니가 야학 동무들이 늘었다고 했는데, 또 새로운 동무들의 이야기를 해주려나. 그런 생각을 하니, 수 놓는 내내 즐거웠다. 곧 찾아올 밤이 기대됐다.

경희의 그런 기대가 무색하게, 해가 완전히 지고, 깜깜한 밤이 될 때까지 경순은 돌아오지 않았다. 경희는 진작에 바느질을 끝마친 바느질감들을 옆에 개어놓고 마루 위에 앉아 허공에서 다리만 흔들었다. 이렇게 늦게 온 적은 없었는데. 경희가 훌쩍이는 소리만 초가집을 가득 채웠다.

* * *

경순을 한참 기다리던 경희는 홀로 방 안에 앉아 까무룩 잠들었다. 경희의 품에는 경순이 벗어놓은 황갈색 저고리가 있었다. 경희는 언덕 아래로 홀로 달려가는 꿈을 꿨다. 어떤 기분이었는지는 알 수 없었지만, 확실한 건 언덕 아래로 홀로 내려가는 일이 처음이었다는 사실이었다. 푸른 새벽이 되었을까, 초가집의 창호문 위로 한 여인의 그림자가 드리웠다.

"경희야!"

분명 경순의 목소리였다.

"언니야?"

갑자기 들린 경순의 목소리에 경희가 살짝 눈을 떴다. 잠결이었다. 기다리던 이가 돌아왔다는 반가움에 눈이 반쯤 감긴 와중에도 경희는 해맑게 웃었다. 그것도 잠시, 창호문을 열고 들어온 그림자의 주인은 경순이 아니었다. 동네 이모 선영이었다. 경순, 경희 자매에게 삯바느질 일감을 주던, 혼인한 적도 없이 혼자 사는 이모였다. 그럼에도 머리를 올리고 다녔는데, 덥다는 것이 그 이유였다. 고마운 이모였지만, 경희는 선영을 조금 무서워했다.

"경희야! 정신 차려라! 경순이 멀리 갔어. 아주 멀리 갔으니까. 이제 이모랑 살아야 해."

홀로 살아내느라 거칠어진 목소리 때문이었다. 단단하고 낮은 목소리, 다정히 나긋하게 경희를 불러준 적이 한 번도 없었다. 잠에서 덜 깬 경희가 느긋하게 움직이자, 선영이 등을 떠밀며 채근했다.

"잠 깨고 얼른 짐 챙기라."

그렇게 경희는 선영의 손에 이끌려 경순과 함께 살았던 초가집을 나섰다. 아직 언니가 오질 않았는데. 경희가 자꾸 초가집을 뒤돌아보는 통에 선영과 잡고 있던 손이 살짝 느슨해졌다. 그러자 선영이 경희의 손을 더욱 꽉 잡았다.

"꽉 잡거라."

경희가 군기가 바짝 들어 선영의 손을 꽉 잡았다. 거친 손이었지만, 아직 차가운 3월 초하루 새벽에 유독 뜨겁던 손이었다.

* * *

10분 정도 걸었을까. 선영이 홀로 사는 초가집에 도착했다. 선영은 혼인하는 날 도망쳤다고 했다. 그 이유를 경순이 물으면 신랑의 외모가 마음에 안 들어서라고 답했고, 경희가 물으면 신랑 집이 홀랑 타서 거지가 됐길래 도망쳤다고 했다. 아무

14

도 왜 선영이 혼인하는 날 도망쳐서 홀로 살고 있는지 정확히
아는 이는 없었다. 선영조차 제대로 말해줄 생각이 없었고. 선
영은 자신의 초가집에 들어가자마자 문단속을 단단히 했다.

"너는 문도 제대로 안 닫고 자고 있으면 어떡하니?"

선영과 마주 앉은 경희가 기가 죽어 무릎을 꿇고 고개를 숙
였다. 선영이 경희의 무릎을 톡 쳤다. 편히 앉으란 뜻이었다.
그제야 경희가 무릎을 풀고 앉았다.

"너 이모가 어떻게 먹고사는지 알지?"

선영이 사는 초가집 안에는 옷과 천들이 가득 쌓여 있었다.
주변을 돌아본 경희가 고개를 끄덕였다. 당연히 알 수밖에 없
었다. 경순이 매번 선영에게서 삯바느질 일감을 가져왔으니까.

"너도 나랑 그거 같이 할 거다. 내가 이 동네에서 입에 풀칠
시킬 딸 아들이 없는 몸이라 너를 떠맡게 되었지만, 나 혼자 먹
고 살기에 팍팍한 건 매한가지다. 그러니까 네 몫은 네가 벌어
먹고 살아라."

"근데 언니는요?"

선영이 잠시 답하지 않고 생각하더니, 말을 돌렸다.

"네가 바느질은 못 할 테니, 배달일이나 돕거라."

금세 자신이 물어본 질문에 답을 받지 못했다는 사실도 잊은
채, 바느질을 못 한다는 말에 경희가 발끈했다. 잔뜩 숙였던 고
개도 번뜩 들었다. 언니보다 잘하는 유일한 것이 바느질이었다.

"할 수 있어요, 바느질."

"여학교에 내는 과제 같은 게 아냐. 이건 돈 받고 하는 일이야. 돈 주는 이가 해달라는 대로 해야 하는 거라고. 돈 버는 일이 쉬운 줄 아나."

"해볼게요. 저 잘해요."

"됐다. 이 맹꽁아!"

선영이 경희의 이마에 딱밤을 때렸다. 경희의 뽀얀 이마가 금방 붉어졌다. 분한 경희가 씩씩거리며 말했다.

"원래 아이들은 때리는 거 아니랬어요."

"누가 그러디? 누가 세상 물정을 모르고 그런 소리를 해?"

"저희 언니요."

선영을 노려보던 경희의 눈에 눈물이 그렁그렁 차올랐다. 그렇지만, 눈물이 떨어지진 않았다. 경희는 간신히 참아냈다. 이런 상황에 울면 지는 것 같았다. 아무도 가르쳐 주지 않아도, 유독 마음 한편을 불편하게 만드는 모난 감정들은 자연스럽게 피어오르는 것이었다. 한참 후에야 그런 감정이 자신을 보호하기 위함임을 깨닫겠지만, 지금의 경희에게는 그런 생각은 없었다. 그냥 울어 버리면 안 될 것 같았다. 울음을 참아내는 경희를 보던 선영이 한숨을 쉬며 시선을 돌렸다. 억지로 눈물을 참아내는 아이를 계속 쏘아붙일 수는 없었으니까.

"아휴, 어설프게 배웠으니 그런 사달이 나지! 내일 아침부터 바쁠 터이니 얼른 짐 정리나 하거라."

선영이 자신은 옆방에 있겠다며 밖으로 나가자, 경희는 홀

16

로 낯선 방에 앉아 곳곳을 살펴봤다. 여길 어떻게 하면 빠져나
가지, 경희의 머릿속에 가득 찬 건, 이 낯선 초가집을 벗어나는
거였다. 갑자기 사라진 걸 알면 언니가 걱정할 테니까. 경희는
자신의 봇짐을 챙겨, 등에 둘러매고는 조용히 방 밖으로 나왔
다. 허름해도 언덕 위 초가집에서 언니를 기다려야 했다. 언니
도 그곳으로 돌아올 테니까. 방문을 열고 마당에 나오자, 선영
의 방문이 보였다. 선영은 자신의 방 안에서 바느질하고 있었
다. 화롯불에 비춰 그림자만 창호문에 비칠 뿐이었지만 확실했
다. 저 그림자를 언니의 그림자와 착각했다니. 경희는 자기 머
리를 세게 때렸다. 정신을 차려야 했다. 경희는 씩씩한 걸음으
로 선영의 초가집 울타리 밖으로, 언덕 위 초가집으로 향했다.

* * *

항상 그렇듯 떠나는 길은 멀었지만, 돌아오는 길은 생각보
다 가까웠다. 경희는 자신의 시야에 언덕 위 초가집이 보이자
기쁜 마음으로 달려갔다. 경순이 도착한 것인지, 집안에 불빛
이 보였다. 그 불빛을 보고 씩씩하게 걸어가던 경희는 본능적
으로 걸음을 늦췄다. 집안에서 들리는 목소리가 언니의 목소리
가 아니었기 때문이다. 웬 남성의 목소리였다. 그것도, 일본어
로. 뭔가 싶어 경희는 집 근처 수풀에 몸을 숨기고는 자신의 집
을 훔쳐봤다.

집 안에는 순사 대장 다케오와 그가 이끄는 일본 순사 셋이 함께였다. 순사들은 초가집 이곳저곳을 뒤지고 있었다. 가뜩이나 옷도 별로 없던 옷장은 힘 없이 쓰러져 부서져 있었다. 다케오가 마당에 서서 소리쳤다.

"아무도 없어?"

"지금 이 집에는 아무도 없는 것 같습니다."

"대체 어디로 간 거야? 그냥 불태워 버려!"

일본어를 전혀 못 하는 경희였지만, 집을 불태운다는 말은 느낄 수 있었다. 언어보다 확실한 것이 행동이 아니던가. 순식간에 초가집은 불타오르기 시작했다. 경희는 자신도 모르게 불이 휘감은 초가집을 향해 멍하니 걸어갔다. 믿을 수 없는 아주 환상적인 도깨비불 같았다. 산중에 보인다는 그 신비로운 불빛, 그 불빛을 쫓아가면 알 수 없는 어딘가로 간다던데, 그것이 언니가 말하는 세상이 바뀐다는 것일까. 그때, 뒤에서 누군가 경희를 확 잡아당기고는 한 손으로 입을 틀어막았다. 경희는 소리도 내지 못하고 놀란 눈으로 자신을 잡아챈 이의 손을 살피다 알아챘다. 유독 뜨거운 선영의 손이라는 것을. 잔뜩 긴장한 표정을 한 선영이 단단하고 낮은 목소리로 작게 말했다.

"가만히 있으라."

선영의 손에 의해 입이 막힌 채, 집이 불타는 모습을 보던 경희는 활활 타오르는 불을 보며 조용히 참았던 눈물을 흘렸다. 불구덩이가 된 집을 바라보며 다케오가 잔뜩 성을 내고 소리쳤다.

"다 불태워 버려! 죽을 때까지 찾아. 무조건!"

일본어를 알아듣지 못해도 경희는 알 수 있었다. 언니는 다시 집으로 돌아올 수 없겠구나.

* * *

이제 거의 동이 트기 직전의 북촌 거리를 선영과 경희가 손을 잡고 나란히 걸어갔다. 몇 시간 전과 달리, 경희가 먼저 선영의 손을 꽉 붙들고 있었다. 살짝 몸을 떨며 풀죽은 경희를 내려다보는 선영이 작게 웃으며 장난을 쳤다.

"불장난을 봤으니, 이불에 한바탕하겠구나?"

"아니에요!"

"아니긴 뭘! 말도 더럽게 안 듣고, 이불에 오줌싸면 내쫓을 줄 알아!"

"저……! 그런 나이는 다 지났습니다!"

"그러면 이불에 오줌 싼 적이 있단 소리네."

경희가 걸음을 멈추고 씩씩거렸다. 금세 풀죽은 모습은 사라졌다. 오줌싸개라는 누명에 억울함이 더 커서 잠시 깜빡 잊은 모양이었다. 그래, 이래야 이씨 집안 막내딸이지.

"이모! 저는 밤에 측간도 혼자 간단 말입니다!"

"아이고, 맹꽁이 말을 누가 믿나."

"진짜로 할 수 있다고요!"

선영은 경희의 손을 붙잡고 거리를 걷는 내내, 마음이 뒤숭숭했다. 이 어린아이를 잘 보살필 수 있을까. 이미 세상을 떠난 동무의 부탁을 제대로 잘 들어줄 수 있을까. 이렇게 살기 쉽지 않은 시대에 아이를 던져놓은 동무의 마음을 넌지시 상상했다. 네 마음이 더 시커멓겠구나. 그래, 내가 최선을 다해보마.

경희도, 선영도, 상상해 본 적 없던 아침을 맞이하는 날이었다.

* * *

일제가 조선을 장악하고 나서, 조선인들만 모여 살게 된 북촌은 자연스레 무너지고 있었다. 경성에서 가장 화려한 거리 종로에 가면 삐까번쩍한 것들이 많다던데, 그것도 다 남촌의 일이었다. 자연히 북촌에서 고기 하나를 사는 것도 쉬운 일이 아니었다. 오랜만에 시장에 나와 고기를 사려던 선영은 눈앞에 있는 가격표에 쉽사리 주머니를 열지 못했다. 그렇지만, 옆에 달고 나온 경희의 눈빛은 이미 선홍빛 고기에 홀린 듯했다. 푸줏간 아주머니가 머뭇거리는 선영에게 물었다.

"살 거야? 말 거야? 지금 거기서 동상마냥 서 있는다고 해서 싸게 못 줘."

"그럼 어린아이 먹을 정도만 떼서 파실래요?"

푸줏간 아주머니가 팔을 저었다. 단숨에 고기를 향해 날아오는 파리를 쳐냈다. 경희는 그 손짓이 참 매섭다고 생각했다.

"그렇게 쪼개 팔면 남지도 않어."

"사정 알잖아요. 언니, 좀 해줘요? 어? 요즘 삯바느질 일감 구하는 것도 쉽지 않다니까?"

포기하지 않고 능글맞게 구는 선영에게 푸줏간 아주머니는 고개를 저었다. 그러나 그 옆에 자신을 바라보며 반짝거리는 경희의 눈빛을 보고, 눈을 피하려다가 실패하고 말았다. 애들의 시선이란 꽤 끈질겨서 쉬이 떼어지지 않는다는 것을 잘 알고 있었다. 푸줏간 아주머니는 한숨을 쉬었다.

"에휴, 이번이 마지막이야."

푸줏간 아주머니는 한숨과 함께 작은 고깃덩이를 잘라줬다. 선영과 경희는 그 모습을 흡족하게 바라봤다. 그들의 눈빛에 마음이 동한 푸줏간 아주머니가 덤으로 작은 고기덩이를 얹어줬다. 아주머니는 이래서 자신이 이 꼴이라며 한탄했다. 아주머니가 건넨 고깃덩이가 꽤나 묵직했다. 경희는 잔뜩 들떠서 허리를 숙여 인사했다. 그런 경희를 보던 푸줏간 아주머니가 선영에게 조언했다.

"조선인들한테 장사하지 말고, 좀 굽혀서 일본인 장사해. 어쨌든 그들이 돈이 많잖아. 내가 아는 곳이 생겼는데 소개해줄까? 성격은 좀 이상하다고 하는데 돈은 많이 준대! 안주인은 조선인이라고 하고."

"나 그쪽 애들하고는 거래 안 하는데……."

"네가 이제 혼자가 아니잖아."

잠시 고민에 빠진 선영은 고깃덩이를 품에 안고 신난 경희를 내려보곤 다시 묻는다.

"그러면 어딘지만 알려줘요."

"옳지! 거기가 어디냐면……."

선영과 푸줏간 아주머니의 대화를 뒤로 하고, 경희는 자신의 품안에 들린 고깃덩이에 집중했다. 구운 고기를 상상하며 경희는 침을 꼴깍 삼켰다.

경희의 기대처럼 그날 저녁엔 구운 고기가 올라왔다. 선영이 반상 위에 구운 고기 몇 점을 올려뒀다. 경희는 눈을 반짝거리며, 구운 고기를 바라보기만 했다. 선영이 젓가락을 흔들며 경희를 채근했다.

"먹어."

경희가 침을 꼴깍 삼키며 답했다.

"먼저 드세요."

"참나, 침을 줄줄 흘리면서……. 됐어. 다 네 꺼야."

경희가 이상하다는 듯, 고개를 갸웃거렸다.

"왜요?"

"왜긴 내가 사준 거니까."

"그러니까 다 제 꺼예요?"

"그래, 얼른 먹어. 귀한 거니까 아껴 먹어."

선영의 젓가락이 나물 반찬으로 향했다. 선영이 먼저 밥을 먹는 것을 본 경희는 젓가락으로 고기 반찬을 들어 선영의 밥 위에 올려뒀다. 선영이 미간을 잔뜩 찌푸렸다.

"뭐야, 건방지게?"

"제 꺼라면서요. 그러니까 제 마음대로 해야죠. 나눠 먹어요."

"너 그렇게 굴다가 다 뺏기는 수가 있어."

"뺏기면 뺏기죠. 그렇지만, 그 고기가 제 거였다는 것은 그대로잖아요. 그러면 제 입장에서는 나눈 것뿐이에요."

"참 맹꽁이 같은 소리만 한다. 니네 언니가 그렇게 가르치디?"

"언니가 그랬어요. 지키는 것보다도 중요한 건, 그게 원래 내 것이었다는 생각이라고."

"참나, 걔도 애한테 어려운 얘기만 줄줄줄."

"얼른 드세요. 이건 제가 원해서 드리는 거예요."

"그래, 고맙다."

선영과 경희가 나란히 기분 좋게 고기 한 점씩을 먹었다. 입안에 살살 녹는 고기에 선영과 경희 모두 얼굴이 편안히 펴졌다.

"근데 말이야. 그건 뭐야……. 그거……. 아 맞아! 책에서나 그래."

선영은 책이라는 단어가 간신히 생각난 듯 말을 이었다.

"책 쪼가리에서나 남들과 나누고 사는 게 더 중요하고, 내가 내 것인 걸 아는 게 더 중요하지. 그거 사실 다 개뻥이야. 사람들은 나눠주면 호구인줄 알고 빨아먹으려 들고, 내 거라고 소리치지 않으면 다른 사람들은 관심도 안 줘. 착한 끝이 있다는데, 끝이 오면 뭘해! 이미 죽었을 텐데. 그러니까. 누가 네 거를 뺏으려고 하잖아? 그럼 이렇게 주먹을 딱 쥐고 여기 인중을 세게 쳐.”

선영이 경희에게 시범을 보이듯, 얼굴 쪽으로 주먹을 날렸다. 놀란 경희가 눈을 감자, 선영의 주먹이 멈췄다. 그러고는 경희의 인중을 손끝으로 가볍게 톡 쳤다. 그제야 경희가 슬그머니 눈을 떴다.

“아주 세게 쳐야 돼. 그래야 알아. 아, 내가 건드리면 안 되는 애를 건드렸구나. 내가 잘못했네. 그런 걸 안다고. 알겠어?”

입안의 고기를 우물거리며 경희가 고개를 끄덕였다.

“잘했어. 얼른 고기 먹어. 그래야 주먹 힘이 세진다.”

* * *

낮이지만, 비가 와서 잔뜩 흐린 날씨였다. 이른 장마가 찾아오고 있었다. 거리의 사람들은 비를 피하며 이리 저리로 뛰어다니기 시작했다. 그 거리를 지나던 경희와 선영도 우산 없이 비를 맞으며 황급히 달렸다. 그렇게 빗속을 달려서 도착한 곳은 남촌에 있는 아주 큰 저택이었다. 푸줏간 아주머니가 소개한 주소대로 찾아온 곳이었다. 비에 홀딱 젖은 모양새로 저택의 문 앞에 도착한 선영은 저택 앞에서 머뭇거렸다. 생각에 빠진 선영은 콧잔등부터 미간까지 잔뜩 힘이 들어가 있었다. 경희는 선영이 무슨 생각을 하고 있는지가 궁금했지만, 묻지는 않았다. 어차피 제대로 말해주지 않을 테니까. 선영과 함께 살며 배운 요령이었다. 선영은 늘 말을 피하는 것을 잘했다. 어차피 말해봤자 들어주지 않으니 입을 다물자는 것이 선영의 선택이었다. 원하지 않는 혼인을 피하고 싶다고 아무리 소리쳐도 들어주지 않아 도망쳤던 것처럼, 그렇게 도망친 자신을 숨겨준 자신의 유일한 동무가 죽임을 당했을 때, 순사들에게 애원해도 들어주지 않았던 것처럼, 선영은 말하길 포기했다. 그래도 자신을 도와준 유일한 동무의 딸이 배곯는 것은 볼 수 없었다.

그렇게 잠시간의 시간이 흐를 무렵, 비가 더욱 거세졌다. 세차게 내리는 비에 경희가 비를 피해 담벼락에 더 몸을 붙이자, 선영이 다짐한 듯 경희의 손을 한 번 꽉 잡더니 저택의 문을 두드렸다. 아주 두꺼운 나무가 울리는 소리가 났다.

둥, 둥, 둥.

그 소리에 그 저택의 몸종으로 보이는 중년의 사내가 나왔다. 쫄딱 젖어 추레한 선영과 경희의 행색을 위아래로 훑어본 사내가 물었다.

"무슨 일이오?"

"삯바느질 일감 찾으러 왔습니다."

"행색이 참으로⋯⋯."

말을 잇지 않고, 사내가 선영과 경희를 보며 혀를 찼다. 경희는 가만히 위로 올려다봤다. 사내도 자신들을 평가할 정도의 깔끔함은 아니었는데, 유독 더 훑어대는 시선이 불쾌했다. 그래도 선영이 붙잡고 있는 손에 힘이 들어가자 참았다. 선영 이모도 자신과 똑같이 화내고 있구나 싶어 불쾌감이 조금은 누그러졌다.

"이리 비가 오는데, 우산 하나 없이 온 것이요? 귀한 옷감이 다 상하겠구만⋯⋯."

"이제 품삯을 받아 사면 되지요."

사내는 따박따박 말대답하는 선영이 마음에 안 든다는 듯 눈썹을 위로 들어 올렸다. 그렇지만, 안쪽에서 들리는 안주인의 어렴풋한 목소리에 못 이기는 척 사내가 선영과 경희를 들여보냈다.

"들어오쇼!"

저택 안은 굉장히 잘 정리된 것처럼 보였다. 분명 명문 양반가의 주택이었을 거다. 북촌의 외곽, 초가집에서만 살던 경희는 으리으리한 저택에 조금은 기가 죽었다. 분명 이런 집에 사는 사람은 엄청난 사람일 거라 생각하며 말이다. 저택 안, 가장 깊은 곳에 있던 사랑채 마루에 고작 이십 대 중반으로 보이는 한 여인이 나와 있었다. 딱 봐도 알 수 있었다. 이 저택의 안주인이라는 것을 말이다. 마루 위에 서 있던 안주인은 마당에서 허리를 숙여 인사하던 선영과 경희를 위에서 내려다봤다. 선영을 따라 고개를 숙였던 경희는 살짝 고개를 들어 안주인을 힐 끔 보았다. 창백할 정도로 하얀 낯빛과 몸에 착 붙는 은색 빛의 원피스, 손목과 손가락 위 반짝이는 금빛 장신구, 위로 올려묶 은 머리에는 푸른 계열의 보석이 박힌 은색 핀이 경희의 시선 을 순서대로 사로잡았다. 화려한 양장과 장신구로 꾸민, 아주 아름다운 여인이었다. 경희의 눈이 휘둥그레 커졌다. 처음 보 는 아름다움이었다. 그렇게 안주인을 바라보던 경희는 자신을 내려다보는 안주인과 시선이 부딪혔다. 경희는 급히 눈을 피하 며 선영의 뒤로 숨어버렸다.

안주인은 그런 경희의 시선은 아랑곳하지 않고 여자 몸종이 가져온 삯바느질 거리를 가리키며 선영에게 주라고 했다. 여자 몸종이 다가와 선영에게 삯바느질 거리를 건넸다. 삯바느질 거 리를 품에 안은 선영이 물었다.

"언제까지 드리면 됩니까?"

"사흘 후까지!"

안주인에게 물어본 질문이었지만, 몸종이 대신 답했다. 선 영은 당황한 표정으로 마루에 선 안주인을 바라봤다. 몸종이 건넨 일감은 도저히 3일 안에 할 수 없는 양이었기 때문이다. 선영의 표정을 본 몸종이 선영의 품속에 있던 일감을 채가려 다가왔다.

"못하겠으면 말고! 일할 사람 널렸다니까!"

선영이 몸을 돌려 일감을 꽉 안으며 답했다.

"좋습니다! 하지요!"

"아니 근데, 이 상태로 밖에 나가면 귀한 옷감이 다 젖을 터인데! 어쩌려고 그러나. 응?"

몸종은 얄밉게 웃으며 거세게 내리는 비를 가리켰다. 지금은 저택의 지붕 아래에 있어 비를 피할 수 있었지만, 나가면 옷감이 젖을 것이고 금세 상할 터였다. 이렇게 궂은날에 부른 것조차 고약한 성정이 느껴졌다. 선영은 지지 않고 말했다.

"품삯을 가불해주세요. 귀한 옷감이 상하지 않게 갈 테니."

선영의 갑작스러운 요구에 몸종은 혀를 찼다. 감히 요구하는 것이냐는 표정으로 말이다. 뒤에 서 있는 안주인의 표정보다 더 표독스럽게 말이다. 선영과 몸종이 모종의 기싸움을 하고 있을 때, 경희의 시선은 계속 무표정하던 안주인을 바라보고 있었다. 저리 아름다운 옷이라니, 빛나는 장신구라니, 머릿속에 그 인상이 강렬하게 박혔다. 저런 옷은 어떻게 만들지? 안주인은 자신을 바라보는 경희의 시선을 느끼곤 살짝 눈을 흘겼다. 그러다 갑자기 머리에 있던 파란색 보석이 박힌 핀을 슬쩍 빼서는 마루 아래로 내려왔다. 그러고는 물기 어린 경희의 손에 쥐어줬다.

"팔아, 우산을 사렴."

"아이고, 사모님!"

몸종이 그렇게 귀한 걸 주냐는 표정으로 놀란 듯했고, 선영은 이때다 싶었다. 허리를 잔뜩 숙이며 고맙다는 인사를 했다.

"아이고, 고맙습니다."

뒤이어 선영은 경희의 머리를 눌러내며 허리를 숙여 인사시켰다. 경희는 선영의 힘에 눌려 깊이 허리를 숙여 인사했다. 그러자마자 안주인은 등을 돌려 다시 사랑채로 향하며 말했다.

"얼른 나가봐. 비린내가 올라오는 듯하니."

휙 하고 들어가 버리는 안주인의 뒤를 따르는 몸종이 얄밉게 웃었다. 그 미소를 본 선영은 눈썹을 잔뜩 모았다. 불쾌하다는 뜻이었다. 선영이 그런들 경희는 손에 들린 파란색 보석이 박힌 은색 핀만을 바라봤다. 푸른 보석이 영롱하게 빛나면서도, 외롭게 아름다웠다. 푸른색 보석과 은빛 핀, 안주인을 닮아있었다. 저택을 나오며 선영이 경희의 손에 들린 핀을 잡아챘다.

"팔자!"

선영은 느릿하게 주먹을 펴던 경희의 속도를 못 본 체했다. 지금은 그 핀을 팔아야만 했으니까. 경희는 별말 없이 그저 고개를 끄덕였다. 그 핀의 값을 흥정하고 돈을 받아내는 중에도 경희의 시선은 푸른색 보석이 박힌 은색 핀에만 꽂혀 있었다.

* * *

비는 그쳤지만, 하늘이 어둑해서 별빛은 보이지 않는 밤이었다. 늦은 밤, 고개를 꾸벅거리며 졸던 선영이 깜빡 잠에서 깨자마자 휘둥그레 눈을 크게 떴다. 졸기 직전까지만 해도 손에 들려 있던 원단이 사라져 빈손이었기 때문이다. 이게 대체 귀신이 곡할 노릇인가. 선영이 눈을 몇 번이고 껌뻑이고 나서야 선영의 맞은편에 앉아있던 경희가 위풍당당하게 바느질한 옷감을 선보였다.

"이봐요. 잘하죠? 이제 저도 배달 말고 바느질 시켜주세요."

그동안 경희는 선영이 시키는 곳으로 바느질한 옷감들을 배달하는 일을 도맡았다. 일부러 선영이 경희에게 바느질을 시키지 않았기 때문이다. 믿을 수가 없다면서. 고작 아홉 살짜리인데 손끝은 참으로 야물었다. 선영도 인정하고 싶진 않았지만, 경희는 바느질에 재주가 있었다.

"너는 재주가 있어도 이런 것에 있니?"

"전 좋아요. 바느질은 누구나 필요하거든요. 모두가 옷은 입고 다니잖아요. 언젠가 누구나 절 필요로 하게 될 걸요."

"아이고, 재주는 소소하면서 꿈은 크구나."

"인정하세요. 제가 이모보다 더 꼼꼼히 잘하죠?"

"야, 그건 네가 손이 작으니까 작은 틈까지 할 수 있는 거겠지. 이모는 눈이 침침하다야."

"네, 그건 이모가 늙어서 그렇죠."

선영은 경희의 이마에 딱밤을 때렸다. 경순의 말마따나 참으려 했지만, 때려야 되는 순간도 찾아오니까. 경희가 퉁퉁거렸다. 그래도 경희의 옆을 보니 다 해둔 바느질감이 고이 개어있었다. 저 작은 손 덕분에 오늘 밤은 조금 더 잘 수 있을 터였다. 경희는 선영이 이리와서 같이 하자고 손을 내민 것이 기뻤다. 고기를 얻어먹는 것도, 사모님이 준 핀을 팔고 남은 돈으로 비슷하게 생긴 핀을 사준 것도, 경희는 선영에게 보답하고 싶었다.

선영과 경희는 나란히 앉아 일감을 펼쳐놓고 바느질에 열중했다. 경희가 손을 돕는다고 해도 3일 안에 끝낼 수 있는 양은 아니었다. 게다가 실제로 옷감을 펼쳐보니 상한 정도가 꽤 있던 터였다. 심지어 누군가 일부러 찢어버린 듯했다. 이리 귀한 옷을. 대체 누가. 되려 경희가 속상한 마음이 들 정도였다. 한편, 선영은 천 사이로 바늘이 오가는 내내 잔뜩 화가 나 있었다.

"빌어먹을, 내려다보는 꼴이 잔뜩 속을 뒤집는구나."

경희는 눈치도 없이 머리 위 파란색 핀을 만지작거리며 말했다.

"사모님은 진짜 아름다운 분이셨어요."

"아름답긴 무슨! 몸 팔아 사는 거나 다름없다."

선영의 손길이 더욱 바빠졌다. 선영은 흥분하면 바느질이 빨라지는 습관이 있었다. 나름대로 분노를 흘려보내는 방법이었을 것이다.

"그래도 저희가 우산을 살 수 있었잖아요! 품삯보다 훨씬 비싼 값이던 걸요. 이 예쁜 핀도 사구요. 아! 정말 고맙습니다! 사주셔서."

경희가 선영과 눈을 맞추고 배시시 웃었다. 선영이 먼저 경희의 눈빛을 피하고는 툴툴거렸다. 웃는 얼굴에 정드는 건 한순간이었다.

"인사는 됐다. 이 경성의 북촌에 사는 이들이 충분히 먹고 남을 만한 걸, 머리에 꽂고 있으니. 내 속이 뒤집어지는 것이지."

"배가 아프신 거지요?"

"그래, 내가 못난 탓이다. 그러니 나는 계속 더러운 년이 될테야."

경희는 툴툴거리는 선영의 바느질을 물끄러미 바라보았다. 거칠게 말하면서도 선영이 옷감을 대하는 손길은 누구보다도 부드러웠다. 차분하고. 꼼꼼하게 이어가는 바느질, 잔뜩 정성스러웠다.

그날 밤이었다. 쪽잠에 든 선영 옆에 경희 홀로 깨어 있었다. 경희는 삯바느질하며 모아둔 자투리 천 조각들로 작은 옷을 한 벌 만들었다. 어른의 손바닥 정도의 크기에 자투리 천으로 만든 원피스다. 자투리 천 조각들로 만들어 색감은 다르지만, 안주인이 입었던 원피스를 그대로 따라 만들었다. 그렇게 하지 않으면 안주인의 모습을 잊어버릴 것 같았다. 경희는 자신이 처음 만든-입을 수는 없지만- 옷을 바라보며 뿌듯한 미소를 지었다. 아무도 모를 일이었지만, 심장이 쿵쿵하고 크게 뛰었다. 선영이 잠에서 깰까 두려워서인지, 옷을 만드는 게 너무 좋아서인지 명확하게 알 수는 없었다. 그 심장 소리가 좋았다.

* * *

약속된 사흘이 지나, 경희는 선영과 함께 저택 안에 서 있었다. 이번에는 날이 아주 맑았다. 안주인은 저번과 마찬가지로 높은 마루 위에 서서 선영과 경희를 내려다봤다. 이번에는 하얀 셔츠에 노란색 재킷을 입고 있었다. 살짝 짧은 기장의 재킷에, 긴 치마를 입어 더욱 다리가 길어 보였다. 경희는 고개를 살짝 숙인 채, 계속 안주인을 힐끔 볼 수밖에 없었다. 너무 예쁜 노랑이었다.

마루에서는 몸종이 선영과 경희가 삯바느질 해온 옷감들을 살펴봤다. 뭔가 트집을 잡으려 한 모양이지만, 선영과 경희가 가져온 옷감의 상태가 좋아 몸종은 애써 놀란 표정을 숨겼다. 입꼬리를 잔뜩 아래로 끌어당기며 핀잔을 주듯 말했다.

"봐줄 만은 하네. 꽤나 손재주가 있긴 한가 봐."

"그것으로 평생 살아온 이입니다. 이번에도 일감이 있겠습니까?"

몸종이 안주인을 쳐다봤고, 안주인은 고개를 돌리며 말했다.

"가져다주거라."

그러면서 안주인은 선영의 위아래를 훑었다. 잔뜩 흙이 묻고 구겨진 치맛자락을 보더니 안주인은 미간을 좁혔다. 그런 안주인의 불쾌한 시선에 선영은 오히려 뻔뻔하게 아무것도 모르겠다는 듯 빤히 쳐다봤다. 묘하게 주고받던 시선을 돌리는 건, 안주인 쪽이었다.

저택을 나와 옷감을 들고, 선영은 씩씩거리며 활기찬 경성 거리를 걸었다. 선영의 걸음에는 뭔가 선영만의 박자가 느껴졌다. 경희는 하나둘 하나둘 선영의 걸음 속 박자를 속으로 세었다. 점차 그 속도가 빨라지자, 경희가 뒤쫓아가길 멈춰서 선영의 뒤에서 소리쳤다.

"왜 이렇게 잔뜩 화가 났다는 걸음이세요?"

그러고는 경희가 선영의 걸음걸이를 따라했다. 그제야 선영이 뒤돌아 짧은 다리로 벅차게 따라 걸었을 경희를 바라봤다. 걸음을 따라오기 힘들었겠구나. 선영이 멈춰서 경희가 다시 자신이 있는 쪽으로 걸어오길 기다렸다.

"괘씸하지 않느냐. 그렇게 쳐다본다고, 내가 더 깨끗하게 하고 갈 줄 알았다면 오산이다. 지가 내 치맛자락이라도 사줄 거 아니면, 그렇게 보면 안 되지. 너도 누가 저리 쳐다본다고 홀랑 깨끗하게 살잖아? 그러면 그놈들은 자기들 생각이 맞는 줄 안다. 그놈들 기준에 맞춰진다고."

"그래도 깨끗하고 단정한 것은 좋은 ……."

"됐다! 아주 아주 괘씸한 여편네야!"

경희의 말을 끊으며 선영이 말했다. 그 말에 경희는 고개을 갸웃했다.

"그렇게 화를 내시면서도 옷 하나는 제대로 해주시잖아요."

"그건 당연하지. 옷감에는 잘못이 없고, 내가 하는 일에도

34

잘못이 없다. 입는 이가 밉다고 옷감을 상하게 하고, 내가 하는 일을 못하면 얼마나 바보 같은 일이냐. 내가 많이 배우지 못했어도 그렇게 멍청하진 않단다."

그렇게 선영과 경희가 화려한 경성 거리를 걸었다. 그러다 양복점 '러키라케(Lucky Lake)'의 쇼윈도에 있는 마네킹이 경희의 시선을 잡아끌었다. 말끔했다. 무엇이라 말할 수 없었지만, 딱 적당했다. 아름답기에. 경희가 멈추자, 선영 역시 그 앞에 살짝 우뚝 섰다.

"왜 멈추느냐?"

"아, 아름다워서요."

"그치, 저곳은 아름다운 것을 팔지."

경희는 놀라 선영을 올려다보며 물었다.

"아는 곳이십니까?"

"일했던 곳이다. 원래 나는 재봉을 했거든. 저 양복점의 사장이 바뀌기 전까지 일했어."

선영은 생각에 빠진 눈빛이었다. 그리고 마네킹에 걸린 양장에 이십 대 중반께로 보이는 청년이 시침질을 하고 있었다. 청년이 바느질이라니. 의아한 눈빛으로 바라보던 경희는 청년과 눈이 마주쳤다. 청년 역시 이쪽을 바라봤고, 선영과 시선이 마주쳤을 때, 쇼윈도의 커튼을 급히 쳤다. 선영은 작게 웃었다.

"나중에 혹시 도움을 청해야 할 때가 생기면 저놈에게 가거라. 자기도 찔리는 것이 있어 널 도와줄 거야. 이선영이가 가라고 했다고 말이야."

선영은 경희의 손을 붙잡고 끌었다. 경희는 선영의 손에 이끌려 가면서도 양복점의 반짝이는 간판을 자꾸만 뒤돌아봤다. 저 간판은 무슨 뜻일까?

* * *

고고한 안주인의 삯바느질을 해주며 오고간 지도 석 달이 지난 무렵이었다. 선영과 경희가 저택 안으로 들어가는데 저택 안의 분위기가 이전과 뭔가 달랐다. 이번에 안주인이 입고 있는 옷은 붉은 원피스, 몸에 딱 붙고, 발까지 가려질 정도의 길이다. 경희는 또 한 번 아름답다며 속으로 감탄하고 있었다. 경희는 오늘 밤에도 자투리 천으로 안주인의 옷을 따라 만들어봐야겠다고 결심했다. 그때, 몸종이 다가와 선영에게 말했다.

"이쪽으로 오게. 다음 일감을 줄 터이니."

"알겠습니다. 여기 얌전히 있거라."

선영의 말이 들리는지 안 들리는지, 경희의 시선은 오로지 안주인을 향해 있었다. 그렇게 몸종과 선영이 집안의 뒤편으로 가서 일감을 가져올 때였다. 저택의 주인인 일본인 순사가 대문을 열고 걸어 들어왔다. 경희는 순사의 발걸음 소리에 뒤를 돌아 보았고, 이 저택의 주인이 자신의 집을 불태운 순사 대장임을 깨달았다. 다케오를 알아본 경희의 몸이 작게 떨렸다. 경희는 잔뜩 고개를 숙였다. 잔뜩 화가 난 다케오는 일본어로 분노를 쏟아내고 있었다.

"조센징 놈들, 이곳저곳에서 난리야! 만세운동은 무슨. 미친한 것들을 잘 개화시켜 줬더니. 감히 주인이 누군지도 모르고 물어!"

이에 안주인이 우아한 목소리로 물었다.

"다녀오셨습니까?"

"네년도 어디 가서 함부로 행동하지 마!"

그러다 다케오는 그저 마당에 서 있었을 뿐인 경희를 보고 소리치며 뺨을 갈겼다.

"더러운 년!"

뺨을 맞은 경희는 놀라서 삯바느질해서 가져온 옷들을 떨궜다. 그리고 그 장면에 놀란 것은 경희뿐만이 아니라, 안주인도 함께였다. 놀라울 정도로 무표정했던 안주인이 그렇게 표정 변화를 보인 것은 처음이었다. 그런 것은 다케오에게 중요하지 않았고, 그저 경희가 떨군 옷감에 화가 날 따름이었다.

"이게 얼마짜린데……! 감히!"

우악스러운 소리침에 이어, 무차별적인 폭행이 이어졌다. 경희는 작은 몸을 잔뜩 웅크렸다. 흙바닥에 몸이 그대로 박힐 것 같다는 생각이 들 정도였다. 숨이 턱턱 막혀 왔다. 그 모습을 보고 있던 안주인의 손이 발발 떨렸다. 그러면서도 아무것도 하지 못하고 바라만 봤다. 그 사이에, 난데없는 고함에 달려온 선영이 맞고 있던 경희를 끌어안았다. 선영이 대신 맞아주

든 말든, 다케오는 그냥 계속해서 일방적인 구타를 이어갔다. 그저 화풀이였다. 선영이 품안에 안은 경희를 지켜내며 대신 맞고 있을 때, 저택 안 누구도 말리지 못했다. 구둣발에 선영의 여린 목이 밟혔다. 선영이 고통스러운 비명을 질렀다. 계속 머뭇거리던 안주인이 공포로 굳어버린 몸을 이끌어 간신히 달려나와 다케오를 막아섰다.

"이러다 죽습니다. 누군가 죽어나간다면 그만큼 흉한 소리가 어디 있겠습니까. 대장님께서도 만세운동이 전국적으로 난리이니 잠깐이나마 구설수를 만들지 말라 하시지 않았습니까. 그만두십시오."

"네가 감히 내 앞을 막아?"

다케오는 안주인의 뺨을 세게 갈기고는 잔뜩 화를 내며 저택 밖으로 곧장 나가버렸다. 안주인이 선영을 살펴보는데 선영의 몸은 힘없이 마당에 쓰러졌다. 몸종이 황급히 달려와 선영의 숨소리를 확인하는데 반응이 없다. 몸종이 고개를 젓자, 숨죽이고 보고 있던 저택의 하인들이 나와 선영의 시신을 수습하기 시작했다. 마치 자주 있었던 일인 것처럼 자연스러웠다. 안주인이 벌벌 떨며 한숨을 쉬었다. 선영의 품안에 있던 경희는 모든 일이 당황스러웠다. 갑자기 뺨을 맞고, 자신을 안아주던 선영은 눈을 뜨지 못하고 있고, 안주인과 저택 사람들 모두 경희를 안타깝게 보고만 있었다. 대체 무슨 일이 일어나고 있는지, 누구도 제대로 설명해 주지 않았다. 그저 경희는 힘 없이 누운 선영 옆에서 울 뿐이었다.

잠깐의 애도가 지나고, 저택의 하인들은 누워있는 선영 위에 흰 천을 씌워 저택 뒤편으로 데려갔다. 그들이 가는 방향으로 쫓아가려는 경희를 붙잡은 것은 안주인이었다. 가까이 와서야 짙은 향기를 온몸에서 풍기는 사람임을 알 수 있었다. 안주인은 경희에게 자신이 하고 있던 장신구를 모두 빼서는 작은 손수건에 감싸 건넸다.

"팔아 도망치렴. 어서……!"

눈물이 가득 고인 채, 안주인은 경희를 바라봤다. 경희 역시 마주한 안주인을 바라봤다. 안주인의 볼이 붉게 부어올라 있었다. 경희의 볼도 마찬가지였다. 경희는 작은 손으로 안주인의 부은 볼을 만져주었다. 그제야, 안주인은 눈물을 흘려보냈다. 그 사이, 저택의 뒤편에서는 하얀 연기가 위로 올라왔다. 안주인이 연기를 뒤로 하고 경희를 저택 밖으로 떠밀었다.

"어서……!"

* * *

얄궂은 장맛비가 갑자기 내리기 시작했다. 비가 내리는 경성 거리에 경희가 눈물을 흘리며 마구 달렸다. 뒤에서는 안주인이 '어서'라고 외치는 목소리가 들리는 듯했다. 경희의 시야에는 아무것도 보이지 않았다. 어둑한 흐린 하늘이 전부였다.

눈앞이 흐려져 방향도 잃은 상황이었다. 그저 안주인이 준 장신구가 담긴 손수건을 손에 꽉 쥐고 있을 뿐이었다. 한참 달리다 경희는 빗물 웅덩이에 발이 빠져 넘어졌다. 손에 꽉 쥐고 있던 장신구들이 땅바닥으로 내팽개쳐졌다. 경희는 황급히 땅에 떨어진 장신구들을 고사리손으로 주워 담아 다시 손수건에 싸서 달렸다. 그제야 떠올랐다. 양복점, 그곳으로 가야했다.

똑, 똑, 똑.
다시 문을 두드리자 양복점 안에서 한 청년이 나와 물었다. 일전에 마네킹이 입고 있던 옷에 시침질을 하던 청년이었다. 이 양복점은 선영이 일하던 곳이라고 했다. 도와줄 거라고 했다.
"무슨 일이냐? 거지는 사절이야."
경희가 홀딱 젖어 추위에 벌벌 떨면서 말했다.
"전 손님이에요."
"뭐?"
"옷 하나를 맞추려고요."
"네가? 이 양복점에서 옷을 맞추는 일이 얼마나 비싼지는 아느냐?"
청년은 어이없다는 듯 웃었다. 그러자 경희는 손수건을 펼쳐 안에 있던 장신구를 내보였다.
"이 정도면 충분하지 않습니까?"

"훔친 것은 받지 않아."

문을 닫으려던 청년을 경희가 붙잡았다.

"훔친 것이 아니에요. 선물 받은 것입니다."

"선물……?"

행색이 누추한 아이가 갖고 있을 리가 없는 고급 장신구들이었다. 딱 봐도 아이가 훔친 물건일 터였다. 대체 무슨 옷을 입고 싶기에 이러나 싶어서. 가장 값비싼 옷일지, 아직 어린애니 색깔이 화려한 원피스일지, 아니면 저 마네킹에 걸어놓은 투피스 양장일지, 들어나보자 싶었다.

"그럼 어떤 옷을 입고 싶은데?"

"따뜻한 옷이요."

경희의 그 말에 청년은 웃음을 멈췄다. 물에 빠진 생쥐같이 덜덜 떨고 있었으나, 눈빛만은 또랑또랑했다. 이 말을 다시 듣게 될 거라고 생각하지 못했다. 화려한 장신구만 더하던 자신에게 충고하던 재봉사 선영의 일침이었다.

"어떤 옷을 만들고 싶은지도 모르면서 이것 저것만 붙여대면 옷이 되는 줄 아느냐? 사장님이 데려왔다더니 손재주는 영……."

혀를 끌끌 차던 재봉사에게 청년은 발끈했다.

"뭐요?"

"추운 겨울이다. 무슨 옷을 입고 싶겠니?"

"그게 갑자기 무슨 말입니까?"

"따뜻한 옷을 입고 싶겠지. 네가 만드는 옷엔 그런 게 하나도 없다. 겉만 치렁치렁."

청년은 미간을 찌푸리며 물었다.

"여긴 어떻게 알고 왔느냐?"

"선영 이모가 분명 아저씨가 절 도와줄 거라 했습니다."

선영의 이름을 듣자마자 청년의 표정이 굳어졌다. 양복점에서 쫓겨나면서도 자신을 안쓰러워하던 그 재봉사의 사람인 모양이었다. 청년은 별다른 대답 없이, 그저 문을 열어줄 수밖에 없었다. 일종의 죄책감이었다. 그렇게 경희는 양복점 '러키라케'에 입성했다.

1부

1. 경성의 밤

1929년 봄, 경성.

해가 서서히 지자, 가로등에 전기가 착착착 들어왔다. 어두워진 하늘과 달리 경성의 중심가 거리는 낮보다 환해졌다. 곳곳에는 전광 간판이 빛을 발하며 화려함을 더했다. 경성의 어두운 밤은 꿈틀거리던 욕망이 샘솟기 시작했다. 해(日)가 가려지고, 드디어 숨 쉬는 해방의 시간.

거리에 환하게 불을 켜고 운영하는 카페 안에서는 술을 팔고, 금지된 댄스홀이 문을 열었다. 서로 눈빛만으로도 호흡을 맞추는 악사들은 음악에 푹 빠져 연주했다. 모던보이와 모던걸들이 다 함께 모여 재즈 음악 선율에 맞춰 스윙 댄스에 열중했다. 암암리에 운영되는 청춘들의 쉼터, 오가는 눈빛 속에 조명보다 반짝이는 총기가 가득했다. 그저 하룻밤, 즐거우면 그 뿐. 깔끔한 양장 안에 들어있는 속마음은 기꺼이 드러내지 않는 것이 암묵적인 규칙이었다. 그것마저도 배려다. 무엇이든지 할 수 있는 하룻밤. 여러 고민은 뒤로 하고, 신나는 두 발로, 청춘들은 나무 바닥을 힘차게 밟았다.

쿵. 쿵. 쿵.

스텝을 밟는 발소리와 음악 연주 소리, 웃음소리, 술잔이 부딪치는 소리, 즐거움이 가득한 소리가 경성의 거리 속에 스며들었다. 밤사이 가볍게 떠돌아, 밤이 지나고 나면 사라질 말들만 가득했다.

드르륵, 드르륵, 드르륵.

경성의 중심가에 위치한 양복점 '러키라케'에서 들리는 소리였다. 불은 진작에 꺼진 지 오래였지만, 안쪽 깊은 곳에서 불빛 하나가 새어 나왔다. 그 근처를 순찰하는 순사들에게는 이미 익숙해서 확인조차 하지 않는 은은한 불빛, 그 불빛은 양복점 안쪽 작은 방, 작업실에서 새어 나오고 있었다. 재봉틀 돌아가는 소리가 유독 조용한 양복점을 가득 채웠다. 모두가 퇴근한 양복점에 홀로 남은 경희는 혼자 재봉틀을 굴렸다. 재단 후 버려진 옷 조각을 모아 옷을 만들 수 있는 유일한 시간이었기 때문이다.

십 년이었다. 러키라케에 손님으로 입성한 이후로 경희는 이곳에서 일해왔다. 아마도 선영도 일했을 그 자리에서, 자신이 가장 좋아하던 옷을 만들면서, 언젠가 자신만의 양복점을 차릴 날을 기다리면서 말이다. 자신이 바라던 미래로 다가가는 걸음걸음을 우직하게 걸었다. 그렇게 버려진 옷감 조각들로 만든 옷은 아주 작아서, 손 한 뼘 정도 되는 작은 마네킹 인형에 입히는 용도가 다였다. 그래도 여러 색감의 옷감을 모아 만든 거라, 되려 화려했다. 이미 경희의 앞 작은 마네킹 인형들은 다채로운 옷들을 입고 있었다. 이 때문에 경희는 항상 버려진 옷 조각들을 버리지 않고 자신만의 바구니에 모아두었다. 그렇게 한참 밤이 늦도록 경희는 계속 멈추지 않고 재봉틀 페달을 밟았다.

드르륵, 드르륵, 드르륵.

천의 구멍을 내어 실이 오가며 새로운 면을 만들어 나간다. 구멍이 나고, 그 안에 새로운 실이 채워지고, 면이 모여 새로운 옷이 되고, 그것이 경희에게는 유희 그 자체였다. 머릿속에 있는 것들이 눈앞에 그려지는 순간이었느니 말이다. 그냥 그 과정이 즐거워, 근무가 끝난 시간에도 남아 재봉틀 페달을 밟을 수밖에 없었다. 드르륵하는 재봉틀 소리 사이 경희는 작은 콧노래를 흥얼거렸다. 언젠가는 작은 마네킹 인형을 위한 것이 아니라, 보고 싶은 사람들을 위한 옷을 완성할 수 있길 바랐다. 그리고 그때는 멋진 디자이너로 자신을 소개할 수 있길 바랐다. 경순이 실종되어 사라진 지, 선영이 세상을 떠난 지, 십 년이 지났음에도 여전히 경희는 계속 그들의 끝을, 그들의 내일을 상상했다. 직접 눈으로 보지 못한 죽음은 믿지 않겠다는 작은 희망과 커다란 아집과 함께.

탁, 탁, 탁, 탁, 탁, 탁.

화려한 경성의 중심가에서 살짝 벗어난 작은 골목 사이로 두 사람의 달리는 발걸음 소리가 엇갈려 들려왔다. 도망치고 쫓는 끝 없는 추격, 누구 한 명이 포기해야 끝나는 상황, 끝내 쫓기던 사람이 돌부리에 걸려 넘어졌다. 그것도 아주 낮아 그저 밟히는 돌부리가 그 상황을 종료시켰다. 흙바닥에 넘어진 이는 자신을 쫓아온 무명의 사람에게 무릎을 꿇었다.

"살려줘……! 제발 부탁이야……!"

떨리는 목소리와 후들거리는 허벅지, 쫓기던 이는 쉴 틈 없이 손을 비볐다. 온몸을 감싸는 검은 옷에 복면을 쓴 무명의 사람은 어떠한 답을 하지 않고, 품안의 총을 꺼냈다. 총구 앞에 소음기를 단 권총이었다.

"잠깐만!"

쫓기던 이가 총을 보고 놀라 다급히 말했다.

"아니, 나도 죽는데, 왜 죽는지는 알고 죽자. 응? 내가 왜 오늘 죽어야 하는 건데!"

복면을 쓴 이는 잠시 생각하는 듯하더니, 주저 없이 방아쇠를 당겼다. 어두운 경성 골목에서 울리는 총소리-소음기를 달아 작아진-는 중심가에서 들려오는 시끄러운 음악 연주 소리에 금세 묻혀 버렸다. 복면을 쓴 이는 죽은 이에게 다가가 조금은 뒤늦은 답을 했다.

"그 연유를 모르기에 당신은 죽는 거야."

아무리 소음기를 사용했다고 한들, 총으로 사람을 죽인 현장이니 복면을 쓴 이는 서둘러 사라졌다. 죽은 이를 골목에 두고 화려한 경성 중심가로 향했다. 가까워질수록 사람들의 화기애애한 목소리가 들려왔다. 복면을 쓴 이는 오히려 자신이 쓰고 있던 복면을 벗어버렸다. 누가 봐도 이상한 모습이었을 테니. 그리고 판초처럼 뒤집어 입고 있던 검정 옷과 장갑을 벗어 수로에 던져버렸다. 그러자, 드러난 옷은 잔뜩 구겨진 미색 셔츠에 검정 멜빵 바지다. 낡은 구두까지. 그이는 허리춤에 꽂아 둔 베레모를 꺼내 썼다. 아직은 앳된 얼굴의 소년으로 보이는 인상, 방금 사람을 처단한 이로는 보이지 않았다. 그이는 그렇게 자연스레 중심가에 스며들었다. 경성의 밤이 길고, 어두워서 지루해 반짝이는 것을 찾아 춤을 추는 모던보이, 모던걸들을 보며 그이는 작게 한숨을 내쉬었다. 무엇이든 할 수 있다지만, 무엇이든 할 수 없다는 변명 속에 그저 춤만 추는 청춘들이 한심하게 느껴졌다. 이미 벗어낸 장갑이지만, 피로 잔뜩 물든 손만 털었다. 그 순간, 술에 취한 모던보이 중 누군가가 그이를 알아봤다.

"어이? 승효 아니야?"

"아, 도련님, 안녕하십니까?"

승효는 황급히 허리를 숙여 인사했다. 아직 현장과 거리가 가깝다 싶어 떨리는 손을 등 뒤로 숨겼다. 그 대신, 본능적으로 해맑게 웃었다. 승효를 알아본 모던보이는 술 냄새를 풍기며 다가왔다.

"계속 김 씨 아저씨를 쫓아다니며 잡일을 하느냐?"

"그치요. 그래도 아저씨께서 잘 대해주시니 다행입니다."

"그래 다음에 또 보자꾸나."

"예, 들어가셔요."

아마 술에 잔뜩 취한 모던보이는 승효와 만났다는 기억조차 못할 것이다. 그럼에도 승효는 얼른 발걸음을 옮겼다. 최대한 서둘러 현장과 멀어져야 했다. 아직은 어두운 밤에 자신이 저지른 일을 숨기고 또 숨긴다. 아직 초봄이라 경성의 밤은 어둡고 유독 쌀쌀하다. 시대의 악을 잘라냈다고 하나 사람의 생명을 죽이는 일, 승효는 조금이라도 빨리 집으로 돌아가고 싶었다. 어느 누구도 믿을 수 없지만, 어느 누구든 믿고 싶은 시대였다. 오늘 죽인 이는 분명 의열단의 활동을 도와주겠다며 먼저 나섰던 사람이었다. 그러다 중요한 정보를 흘려 그 임무에 참여했던 모든 동지들을 죽게 만든 장본인이었다. 그것이 일 년 전이었다. 고작 일 년 만에 잊어버린 것이다. 자신의 업보를. 낡은 구두를 신은 승효가 북촌 거리에 있는 자신의 집을 향해 숨이 가쁘도록 달렸다. 분노가 지나간 자리에 텅 빈 마음도 숨기기 위해 그저 숨차게 달렸다. 월세로 빌려 사는 조그만 하숙집을 향해서.

하숙집 건물 앞에 선 승효는 다시 한 번 자신의 행색을 살폈다. 핏자국이 튄 곳도 없고, 멀쩡했다. 승효는 안심하고, 하숙집 건물 안으로 들어갔다. 승효가 머무는 하숙집은 좁고 위로 긴 건물이라, 사람 한 명이 지날 수 있는 계단을 올라야 자신의 방으로 갈 수 있었다. 계단을 오르면 층마다 서로 마주 보는 방들이 있었다. 그래서 이웃이라면 응당 자주 보기 마련이지만, 아직 승효는 새로 이사왔다는 이웃을 한 번도 본 적이 없었다. 그렇게 승효가 좁고 높은 계단을 오르던 중이던 때, 부산스러운 걸음이 계단 위에서 내려오는 소리가 들렸다. 어쩔 수 없이 계단에서 스쳐 지날 수밖에 없는 상황에 승효는 살짝 몸을 틀었다. 서둘러 내려오던 이는 처음 보는 얼굴의 여자였다. 여자는 죄송하다고 연신 말하며 좁은 계단에서 승효의 곁을 스쳐 내려갔다. 이 시간에 저리 급하게 어디를 가는 거람. 승효는 잠시 저 여자가 어디를 가려고 저러나 싶었다가 다시 계단 위로 올라갔다. 쉬어야 했다. 유독 기나긴 경성의 밤이 지나고 있었다.

2. 양복점 '러키라케'

경희는 찌뿌듯한 몸을 일으켰다. 어젯밤, 작업실 안 등불을 제대로 껐는지 기억나지 않아 달려 나가 경성 거리를 크게 오갔더니 온몸이 쑤셨다. 다행히 불은 제대로 꺼져 있었다.

새로 이사 온 경희의 하숙방은 굉장히 아담했다. '가구'라고 부를 수 있는 건, 존재하지 않는다고 봐야 했다. 낮은 책상과 옷을 담을 수 있는 작은 옷장이 있을 뿐이었다. 그럼에도 경희는 꽤나 만족스러웠다. 작은 창문이 있었기 때문이다. 경희는 창문을 열어 바깥 날씨를 살폈다. 바람이 선선하게 불고, 해는 따뜻했다. 원피스를 입기에 딱 좋은 날씨였다. 이전에 창문이 없는 방에서 살 때는 방안에서 날씨를 알 수 없다는 것이 항상 아쉬웠다. 옷을 결정할 때는 날씨도 엄청 중요하니 말이다. 그래서 이 방을 택한 가장 중요한 이유가 바로 이 작은 창문이었다. 하늘색 원피스를 입은 경희는 흰 손수건을 목에 둘러 묶었다. 유독 목이 길어, 목걸이나 손수건으로 항상 포인트 하나를 살리는 것이 경희만의 스타일이었다. 단정한 기본 양장에 포인트 하나를 넣는 것이 -경희가 생각하기에-자신에게 가장 잘 어울렸기 때문이다.

외출 준비를 끝낸 경희는 마지막으로 작은 가방을 들었다. 경희의 작은 가방 안에는 수첩과 연필, 양복점 열쇠 그리고 회중시계가 다였다. 회중시계는 수훈이 작년 생일 선물로 준 것이었다. 벌써 십 년이나 이어온 인연이었다. 시계를 확인하니, 더 이상 미적거리면 지각할 시간이었다. 경희가 조심스레 방문을 열었다. 이 하숙집 건물의 구조가 좁고 위로 긴지라, 마주 보는 하숙방과의 거리가 딱 문 크기만 했다. 쌍방에서 문을 열면 막혀서 나갈 수 없는 구조였다. 다행인지, 한 번도 마주 보는 이웃과 마주친 적은 없었다. 출퇴근 시간이 전혀 다른 모양이었다.

도, 도, 도.

경희가 다소 가파르고 좁은 계단을 내려갔다. 이제 화려한 경성 거리로 입성할 시간이었다.

* * *

양복점 '러키라케'는 경성의 모던보이, 모던걸들에게 입소문이 나고 있는 양복점이다. 개업한 지는 오래됐지만, 다시 사람들 사이에 소문이 난 것은 꽤나 최근의 일이다. 러키라케가 처음 경성에 자리를 잡을 때만 해도, 미국인 재봉사가 차린 양복점이었다고 했다. 그런데, 그 미국인 재봉사가 갑작스레 세상을 떠나자, 그의 제자였던 수훈이 뒤를 이어 양복점을 운영하게 됐다고 알려져 있다. 그리고 십 년 전, 비를 맞은 채 '러키 라케'로 들어왔던 경희가 수훈의 제자가 되었다.

출근을 위해 발 빠르게 걷던 경희는 잠시 멈춰서서 한 손에 들어오는 수첩에 연필로 주변의 사람들을 그렸다. 경희의 습관이자 공부였다. 그걸 수훈은 '스케치'라고 했다. 수훈은 어린 시절 미국에서 유학한 디자이너였는데, 경희가 재봉사라고 생각했던 그 직업을 수훈은 미국에서 '디자이너'라고 부른다고 했다. 디자이너가 되려면 수많은 옷을 그려봐야 한다며 경희에게 많이 그려봐야 한다고 했다. 가장 정확하고 빠르게 본 인상을 남길 줄 알아야 하고, 사람의 다양한 체형을 알아야 한다고 말이다. 경희는 수훈의 말을 한 번도 어겨본 적이 없었기에, 지나가듯 말한 수훈의 말에도 매일 그림을 그렸다. 처음에는 가만히 앉아서도 그리지 못하던 것들이 점차 익숙해지니 훨씬 쉬웠다. 걸어 다니며 지나가는 사람들의 행색을 빠르게 따라 그릴 수 있는 정도로 스케치 실력이 늘었다. 경희의 손이 빨라지면 빨라질수록 눈도 빨라졌다. 그들의 몸과 옷이 얼마나 잘 어울리는지, 파악하는 것은 불과 몇 초면 충분했다. 거리를 지나며 경희의 시선에 들어온 인력거꾼들, 경희는 그들을 놓치지 않았다. 가장 일상의 몸을 가진 이들이었기 때문이다. 보통 양복점에 오는 사람들은 어찌 됐든 고위층이 태반이기에 경희는 그 범주 외에 있는 사람들을 더 많이 보려고 애썼다. 잔뜩 힘이 들어간 어깨와 목, 햇볕에 그을린 피부와 그 위에 거친 광목천이 그들을 감싸고 있었다. 경희의 오감은 모두 그들을 그리고 바라보는 것에 쏠려 있어서, 그들의 대화 내용은 그다지 중요하지 않았다.

"간밤에 사람이 죽었담서?"

"잘 죽었지, 뭐."

"이제 그놈한테 발차기 당할 일은 없겠구만. 에이, 퉤! 생각하는 것만으로도 치가 떨리네."

"근데 알아? 누가 죽였는지? 살인이래매?"

"이 땅에 그 새끼 죽이고 싶어 하는 사람이 어디 한둘인가?"

인력거꾼 중 한 명이 목소리를 낮춰서 말했다.

"의열단이 한 일이라고 하대. 이번에 상해에서 꽤 많이 들어온 모양이야."

"그래? 잘 됐네, 윗대가리들 좀 싹다 잡아가소!"

"그 윗대가리들 없으면 우리 싹 다 거지꼴이지!"

"그리되면 이 일 그만두고 딴 일 찾지 뭐!"

인력거꾼들은 낄낄거리며 작게 웃었다. 인력거꾼들의 곁을 지나친 경희는 모던보이 무리를 마주했다. 번지르르하게 반짝이는 옷과 머릿결, 양복점에서 일하며 가장 많이 본 사람들이다. 흥미롭진 않지만, 어쩌면 가장 많이 그려야 하는 사람들이었다. 경희는 그들의 외양을 그려갔다. 쫙 펴진 어깨와 꼿꼿한 목, 깨끗한 피부와 잘 다려진 색색깔의 양장, 그들이 원할 옷들을 스케치했다. 그들이 주문할 법한 옷을.

"어제 파티는 어땠나? 좋았나?"

"어제 경무부 고위 관리들이 널브러진 모습을 봤지."

"은근슬쩍 도와주고 자리 하나 얻을 걸 그랬나."

낄낄거리는 모던보이 사이로 흥미로운 물건 하나가 등장했다. 경희가 힐끔 보며 그 정체를 확인했다. 경희가 어차피 자주 보게 될 그들을 그리는 가장 큰 이유였다.

"이거 아나? 이번에 저 멀리 미국에서 배 타고 들어온 건데……."

모던보이 중 한 명이 자신 있게 재킷 속주머니에서 가죽 지갑을 꺼내며 말했다.

"이게 지금 경성에 다섯 개 밖에 없는 아주 따끈따끈한 신상품이란 말이야."

경희는 그 지갑이 어떤 모습인지 힐끔거리며 살폈다. 모던보이들이 갖고 있는 물건들이나 옷들은 이국에서 가져온 것들이 꽤 많아서, 경성에만 있던 경희는 대리경험을 통해 그것들을 배우곤 했다. 언젠가는 그 이국의 땅에 발 딛으리라 상상하면서. 이번에 모던보이가 보여준 지갑은 별로였던지라 경희는 살짝 고개를 저었다. 경희가 자신이 그린 모던보이들의 스케치 옆에 적었다.

'과하다!'

* * *

러키라케에 도착한 경희는 가방 안 열쇠를 꺼냈다. 딸깍, 아침마다 제일 먼저 경희가 듣는 소리다. 딸깍, 그 소리를 들으면 경희는 진짜 하루가 시작된다고 느꼈다. 십 년 동안, 거의 매일이 러키라케의 문을 열고 닫는 것은 경희의 몫이었다. 러키라케의 문손잡이에 손이 닿을 무렵부터. 올해 열아홉이 되어, 생애의 절반이 넘는 기간 동안 러키라케에 머물렀으니, 일상이 된 순간이었다.

출근하자마자 경희는 양복점의 불을 켜고, 바닥 청소를 시작했다. 바닥을 밀대로 밀어버리고선, 찾아올 손님들을 위해 잠시 닫았던 문을 활짝 열었다. 누군가 문을 열어야만 올 수 있는 곳이 아니라, 이미 열려 있는 문으로 들어오라는 것이 양복점 러키라케의 방식이었다. 그렇게 문을 열어두고 경희는 시침핀 꽂이를 손목에 찼다. 이제 정말 모두 준비 완료. 양복점의 주인인 수훈만 도착한다면. 열 시가 되자 여지없이 수훈이 가게에 도착했다.

"경희야."

작업실 안에 있던 경희가 수훈이 부르는 소리에 한달음에 뛰쳐나왔다. 그러고는 수훈이 벗은 모자와 재킷을 들어 작업실 안쪽 옷걸이에 정리했다. 수훈은 로비의 전신 거울을 보며 조끼의 매무새를 다듬으며 물었다.

"새로 머무는 곳은 어떠하냐? 썩 지낼 만은 하니?"

"그럼요, 작지만 아늑합니다! 건물 전체가 하숙방이라 공동 욕실도 잘 되어 있고, 집주인 할머니도 좋으시고요! 이웃방 사람은 아직 한 번도 못 봤지만요."

"그래도 제대로 된 집만 하겠느냐. 우리 집에 노는 방을 내어준다니까."

"제가 어찌 그렇게 폐를 끼친단 말입니까. 이미 어린 절 구해주셨었잖아요. 그 은혜만으로도 벅찹니다."

수훈이 살짝 작아진 조끼의 맨 아래 단추를 풀었다.

"…… 편하게 굴 거라. 너무 멀어지지 말고."

경희가 고개를 끄덕하고는 다시 양복점 정리에 몰두했다. 수훈은 양복점 카운터에 서서 예약자 명단을 확인했다. 그러면서도 쇼윈도에 서 있는 마네킹의 옷을 매만지는 경희를 따라 시선을 움직였다. 분명 저기서 처음 눈을 마주쳤는데, 벌써 마네킹만큼 커버렸다. 수훈의 생각을 끊어낸 건, 서로 아웅다웅하며 들어온 점순과 정아의 목소리였다. 양복점 '러키라케'에는 경희를 제외하고 두 명의 재봉사가 더 있다. 항상 흰 저고리와 검정 치마를 입는, 그럼에도 양복점에서 재봉일을 하는 점순과 매일 화려하게 바뀌는 양장을 입는 모던걸 정아다. 점순이 처음 일하게 된 지는 한 4년 정도 되었으며, 정아와는 이제 갓 1년 정도가 되었다. 이들은 정말로 서로 맞지 않아 자주 다퉜다. 사이에 낀 새우처럼 등이 터지는 건 경희였다.

"너는 또 그 옷이니? 맨날 똑같은 옷, 질리지 않느냔 말이야!"

"아니, 한두 번 보신 것도 아니면서 왜 짜증이십니까? 그냥 기분이 별로인 걸 제게 화풀이 하지 마십시오."

"하! 다 너를 생각해서 하는 말이다!"

정아는 씩씩거리며 양복점 로비를 가로질러 걸어가 뒤에 있는 작업실로 향했다. 감정 기복이 큰 정아의 돌발행동은 꽤 자주 많이 봐온 일이었지만, 적응하기는 쉽지 않았기에 앞뒤 사정을 알 리 없는 수훈과 경희는 당황스럽게 정아의 뒤꽁무니만 볼 뿐이었다. 점순이 씩씩거리며 양복점 로비에 섰다.

"왜 나한테 지랄이야. 지랄이. 쳇!"

경희가 점순에게 다가가 작게 물었다.

"무슨 일이야?"

그렇게 말한 경희의 노력이 무용하게도 점순은 작업실 안까지 들리라는 듯 크게 답했다.

"작업하고 있던 모던보이가 혼인하게 된 모양이야!"

경희가 누군지 모르겠다는 듯, 고개를 갸웃하자 점순이 설명하고 나섰다.

"그 사람 있잖아. 부담스럽게 쌍꺼풀은 1센치는 되어 보이고 입술은 가늘고 긴. 그리고 피부는 뭘 발랐는지 번지르르한 그 사람."

"아! 그…… 그…… 그 양반댁."

경희는 자주 오던 손님들의 얼굴을 떠올리려 했지만, 쉽게 되지 않았다. 그들의 옷이 어땠는지를 물어본다면 단박에 기억했을 텐데……. 그때, 작업실 안에서 정아가 소리쳤다.

"최지운 대감 손자 최가 병언 말이야!"

정아가 들어간 작업실 안에는 총 세 대의 재봉틀이 있었다. 가운데는 정아의 재봉틀, 맨 문간에 있는 쪽은 경희의 재봉틀, 제일 깊숙한 곳에 있는 재봉틀이 점순의 것이었다. 재봉틀도 기계라지만, 각자의 것이라 가장 효율이 좋은 재봉틀은 누가 뭐래도 자신의 재봉틀이었다. 근무 시간이 되어 동시에 밟기 시작하는 재봉틀의 발판, 모터가 돌아가는 소리가 작업실 안을 가득 채웠다. 이제 정말 본격적인 하루가 시작됐다.

드르륵, 드르륵, 드르륵.

함께 재봉틀을 돌리지만, 각자가 재봉틀 앞에 선 마음은 달랐다. 점순은 약혼자 민수와의 혼인을 위해, 정아는 잘생기고 돈 많은 모던보이를 꼬시기 위해, 경희는 자신만의 양복점을 차리기 위해, 그럼에도 호흡은 척척 맞아떨어졌다.

재봉틀 앞에 앉아 페달을 밟는 순간만큼은 한 마음이었다.

* * *

근래에는 수훈이 약속이 있어 자리를 비우는 일이 잦아졌다. 원래라면 오전 열 시에 출근하던 수훈이 점차 말없이 출근을 안 하는 날이 늘었다. 그럴 때면, 그들은 양복점에서 일어나는 모든 일을 함께 해결했다.

며칠 전, 오전이 끝나갈 무렵이었다. 우아한 사모님 손님이 찾아왔다. 곧이어 사모님의 옷을 담당했던 점순이 사모님 앞에서 무릎을 꿇었다. 사모님은 보름 전 치수를 맞추고 갔었는데, 점순이 작업한 원피스를 입기 시작한 순간, 사모님의 불호령이 떨어졌기 때문이다.

"너무 작잖아!"

"예? 이전에 쟀던 치수대로 만든 옷입니다."

점순은 당황한 표정으로 사모님을 보았다. 사모님의 불호령에 작업실 안쪽에 있던 경희와 정아가 슬쩍 나와 상황을 살피고 있었다.

"언제?"

"보름 전에 오셨을 때에요."

"그럼 내가 보름 동안 살이 쪘다는 얘기를 하고 싶은 거니?"

그 말에 아차 싶은 점순이 황급히 무릎을 꿇었다. 그 모습에 정아가 욱하여 뛰어나가려는 걸, 경희가 말렸다. 점순은 고개를 숙이며 말했다.

"아! 손님, 제가 착각한 모양입니다. 죄송합니다."

"덜 떨어져서는, 촌스럽게……."

사모님이 점순의 고개 위로 원피스를 던졌다. 점순이 보름 내내 매달려 만든 원피스가 바닥 아래로 흘러내렸다. 바닥에 떨어진 원피스 위로 점순의 눈물이 뚝뚝 떨어졌다.

"다시 만들어. 그리고 이 일은 내가 사장님께 따로 말할 테니 네가 책임져야 할 게다."

사모님은 싸늘한 목소리로 협박하고는 양복점 밖으로 나갔다. 다시 작업실로 들어온 점순은 별말 없이 재봉틀만 돌렸다. 눈물을 흘리면서도 소리는 삼키고 있었다. 점순의 눈치를 보던 경희와 정아는 그저 모른 척하고 재봉틀을 돌렸다. 아무 일도 없었다는 듯이. 그게 점순이 바라는 위로였으니까.

대신, 경희가 눈으로 잰 사모님의 치수를 새로이 적어주고, 정아가 직접 모델이 되어주면서 그 일을 최대한 빠르게 무마시켰다. 수훈에게 연락이 들어가지 않게 따로 사모님께 직접 배달까지 했다. 문제가 다 해결되자 점순은 경희와 정아를 꽉 안아줬다. 정아는 질색하며 밀어냈지만.

이처럼 양복점에는 미리 치수를 재고 주문 제작을 요구하는 손님들이 오다 보니, 옷을 완성하고 나면 언제 그 손님이 돌아오려나를 기다리는 것도 일이었다. 대체로 정아가 가장 기다리는 손님은 옷을 맞추고 간 모던보이 손님들이었다. 며칠 전에 재킷을 수선하고 싶다며 찾아온 모던보이 손님은 양복점 밖에서도 정아와 자주 만났던 그이였다. 그이를 알아본 정아는 해맑게 인사했다. 그런데, 모던보이 손님은 정아보다 앳되고 참

한 여자와 함께였다. 모던보이의 에스코트에 맞춰 팔짱을 끼고 들어오는 두 사람의 모습에 정아의 표정이 잔뜩 굳어졌다. 잔뜩 굳은 표정으로 정아는 모던보이 손님에게 자신이 준비한 남성용 재킷을 입혀줬다. 함께 온 여자는 양복점 로비 소파에 앉아 새 옷을 입고 나올 그를 기다리고 있었다. 탈의실 안에서 그이는 아무 일도 없다는 듯 정아의 어깨에 손을 올렸다.

"왜 이리 표정이 굳었습니까? 평소엔 해맑게 웃으며 맞아주지 않았습니까? 보고 싶어서 왔어요. 그걸 알려줘야 할 것 같아서."

정아가 그 말에 간신히 입꼬리를 올리며 물었다.

"같이 오신 분은 누구십니까?"

"그게 궁금한 거예요? 알잖아요. 이 경성 바닥에 정혼자 없는 모던보이가 어디 있겠습니까?"

"정혼자요?"

놀란 듯한 정아의 목소리에 그가 웃기 시작하며 당연하다는 듯 물었다.

"설마……. 나와 혼인할 생각이었어요?"

정아는 그 질문에 다시 입꼬리를 올려 새침하게 웃었다.

"아……. 설마요. 눈이 높으신 신사분께 제가 눈에 차겠습니까?"

"에이……. 왜 그래요? 내 사랑은 그대 뿐이라니까?"

그이가 정아의 몸에 손을 대려 할 때, 정아는 휙 몸을 돌려 가볍게 그 손길을 피했다. 로비에 혼자 앉아있는 여자를 본 경희가 눈치좋게 탈의실로 들어왔다. 들어오는 경희를 본 정아가 들고 있던 옷을 넘겼다. 옷을 건네받은 경희가 대신 포장해 그이에게 넘기고 배웅까지 했다. 그이는 정아가 대체 왜 저러는지 모르겠다는 표정이었다. 작업실로 들어가는 정아의 뒷모습이 잔뜩 씁쓸해 보였다. 경희는 정아는 항상 진심이었을지도 모르겠다고 생각했다.

매일 매일 삐거덕거리는 작업실에서는 그들의 울음과 웃음이 씨실과 날실처럼 촘촘하게 박음질 되었다. 재봉틀의 페달을 밟으며 그들은 함께 러키라케의 노를 저었다. 한 배를 탄 선원들처럼.

다만, 점순과 정아가 싸우지 않는 날은 드물었다. 그들이 싸우지 않았다면 둘 중 누가 아파서 병가를 냈을 때뿐이었다. 정아는 작업실에서 거울을 살피기에 바빴다. 한참 재봉틀을 돌리던 점순이 정아에게 핀잔을 줬다.

"셋이 하면 금방 끝날 텐데요!"

"알아, 내 몫은 남겨두라니까. 내가 오늘 예약한 모던보이만 꼬시면 밤새워서 할게."

"그때는 여기를 때려치우시겠죠."

"정답. 꽤 똑똑하네? 여태 맥락을 파악 못 하는 줄 알았는데……!"

"어우, 진짜! 이 언니가! 어제 실연한 것은 잊으신 겁니까?"

"원래 사람 마음이라는 게 그런 거야. 너처럼 십 년 동안 한 사람만 사랑하는 건, 그냥 정이지! 사랑이 아니다!"

"아니, 이 언니가 못 하는 소리가 없네……!"

그들의 싸움 소리를 듣고 있던 경희는 한숨만 쉬었다.

"이러다 내가 제일 먼저 여길 그만두는 게 아닐까. 봐봐. 결국 나만 일하고 있잖아……."

경희가 내뱉는 혼잣말을 그들은 전혀 듣지 못했다. 경희는 기대조차 하지 않았다. 저러다 말겠지 싶었다. 그들은 원래 그러니까.

"맨날 그렇게 일을 적게 하시잖아요!"

"아니 내가 나한테 맡겨진 일을 다 안 한 적 있어? 늦어도 마감 전까지는 해냈잖아!"

그렇게 점순과 정아의 말다툼은 가벼운 몸싸움까지 이어졌다. 그 순간이었다. 서로 밀치던 중에 점순의 재봉틀이 갑자기 확 작동됐다. 이에 점순의 재봉틀에 껴 있던 원단이 재봉틀에 말려 올라갔다. 일순간의 정적. 세 명의 재봉사는 그 자리에서 멈춰 버렸다.

"이 원단 지금 여분 있어?"

당황한 정아가 물었다.

"없을 걸요."

잠시 숨 쉬는 것도 까먹었던 경희가 숨을 몰아쉬며 답했다. 자신의 재봉틀에서 벌어진 사건을 내려다보던 점순이 떨면서 물었다.

"이 원단 지금 살 수 있어?"

경희가 고개를 저었다. 점순은 진짜 망했다는 듯 머리칼을 꽉 쥐었다. 경희는 자리에서 일어나 점순의 재봉틀에서 잘못 박음질된 원단을 살펴보는데, 쉽사리 답을 찾을 수 있는 상황은 아니었다. 눈앞의 점순은 금방이라도 울 것 같은 표정이고, 정아는 잔뜩 머리가 아픈 듯 한숨만 푹푹 쉬었다. 잠시 고민하던 경희가 정아에게 물었다.

"그 모던보이, 몇 시에 온답니까?"

"저녁 즈음에 온다고 했다. 두 시간 뒤에는 올 테야."

"해볼게요. 뭐든. 그때까지 둘 다 입 다물고 제발 조용히 있어요."

처음으로 강경한 경희의 태도에, 점순과 정아는 잔뜩 기가 죽은 채, 나란히 작업실 옆에 쪼그려 앉았다. 경희는 점순의 재봉틀을 이어받아 박음질했다. 경희의 작업을 힐긋 본 점순과 정아는 경희가 무엇을 하려는지 깨닫고는 같이 재봉틀을 작동시켰다. 이제 세 개의 재봉틀이 다시 규칙적으로 돌아갔다. 드르륵거리는 재봉틀 소리와 함께 살짝 긴장된 호흡이 작업실 안에 가득 찼다. 마침내 완성된 재킷 박음질이 길게 들어간 부분이 뒤 허리춤에 위치해서 허리라인이 좀더 부각되는 재킷으로 완성됐다. 기존에 수훈이 그려준 옷본과는 다르지만, 잘못된 박음질이 들어간 것은 완전히 숨길 수 있었다. 완성된 재킷을 보고 서로 눈을 맞추다 확 끌어안은 세 재봉사는 꿈에도 몰랐다. 그 손님들을 수훈이 데리고 올 줄은.

"이리 들어오시죠."

수훈과 함께 등장한 건 모던보이 사내 둘이었다. 한 명은 이전에 와서 치수를 재고 간 사내였고, 또 한 명의 사내는 이번에 처음 본 얼굴이었다.

"이번에 동경 유학하던 제 동무가 귀국했지 뭡니까. 그래서 제가 이 러키라케를 소개시켜주기 위해 함께 왔습니다."

"영광입니다. 도련님, 제 소개를 먼저 하죠. 양복점 러키라케의 주인 정가 수훈이라고 합니다."

처음 본 모던보이가 목례하며 답했다.

"이가 현우라고 합니다."

더도 말고 덜도 말고 이름 석 자가 끝인 참으로 담백한 인사였다.

"재미없긴. 이래봬도 얘가 이경식 대감님의 유일한 손자입니다. 경성 제일의 땅부자시죠. 그리고 얘가 유일한 후계자고. 그나저나 제 재킷은 준비가 됐습니까?"

현우는 자신을 소개한 동무의 옆구리를 가볍게 쳤다. 굳이 안 해도 될 말이었다. 동무는 뭐가 문제인지 모른다는 표정이었다. 수훈의 눈빛이 반짝였다. 접근하기 어려웠던 거물의 손자였다. 아주 반가운 손님이자, 꼭 손잡아야 할 대상이었다.

"그럼요. 도련님을 위해 특별 제작된 옷을 보여드리겠습니다. 경희야, 가져오거라."

"네!"

경희가 직전에 황급히 완성한 재킷을 건넸다. 그 모습을 뒤에서 바라보던 점순, 정아는 긴장해서 침을 꼴깍 삼켰다. 수훈은 손님에게 옷을 입혀보면서 자신이 만든 옷본으로 제작되지 않았다는 것을 깨달았다. 수훈이 흘깃 경희, 점순, 정아를 쳐다보자, 셋은 황급히 시선을 피했다. 그런 상황을 아무것도 모르고 손님은 해맑았다.

"오, 이거 마음에 드는데요? 어떠냐?"

현우는 자신의 동무를 향해 고개를 끄덕였다.

"그래 꽤나 괜찮구나."

괜찮다는 현우의 말에 수훈은 그래도 마음이 놓였다. 수훈은 웃음을 잃지 않고 질문했다.

"감사합니다. 도련님. 불편하신 것은 없으십니까?"

그 질문에 경희와 점순, 정아가 더 긴장했다. 만약 손님이 불편하다고 한다면, 곧장 여기서 일자리를 잃어도 할 말이 없는 상황이니 말이다.

"불편한 건 없고, 일전에 제가 보고 간 옷과는 다른 것 같은데, 뭐가 다른 겁니까?"

수훈이 말없이 경희를 쳐다보자, 경희가 황급히 대답했다.

"일전과 달리 뒤에 허리선을 더 넣어, 날렵한 형태의 재킷입니다. 도련님의 체형에는 더 잘 어울리실 거예요."

현우는 그런 경희를 흥미롭게 바라봤다. 재킷도 다 다르다니, 비슷한 모양에 색만 다른 게 아니었나. 경희는 손님의 재킷에 박아둔 허리선을 짚어내며 다른 재킷과 달라 훨씬 도련님께 어울린다는 말을 쏟아냈다. 무탈히 넘어가길 바라며 최선을 다해 설명했다. 그런 경희의 설명에 손님은 잔뜩 만족했다. 이곳 경성에서 자신만을 위한 재킷이라는 말은 그 자체로 의미가 있었으니까.

"이야, 확실히 최고라는 양복점이 맞네요. 고맙습니다. 너도 정혼자랑 옷 맞출 때, 여기서 해. 요즘 경성 최고 유행은 이곳에서 시작되니까."

경희의 설명을 집중해서 듣던 현우는 동무의 말을 흘려버렸다. 쓰잘데기 없는 말이었다.

"정혼자는 무슨, 할아버지가 원하는 혼인은 절대 안 할 거야."

"정혼자가 아름다운 이일 수도 있잖아."

"우리 할아버지 취향이랬어. 아주 고리타분하고 지루한 여인이겠지. 고루한 건 딱 질색이다."

수훈은 현우를 바라보며 말했다.

"그래도 맞춤 정장이 필요하시면 언제든지 찾아오십시오."

"그러지요. 재봉사께서도 고생 많으셨습니다."

현우가 수훈 옆에 선 경희를 꼭 집어 인사하고는 양복점을 나섰다. 손님과 현우가 나가는 걸 보고 나서야, 경희와 점순,

정아는 한숨을 편히 내쉬었다. 그리고 동시에 수훈은 경희를 다그쳤다.

"내가 줬던 옷본은 이 디자인이 아니었는데?"

"그것이……."

경희가 대답하려 하자, 작업실에 숨어 있던 점순이 나와 허리를 숙여 잘못을 밝혔다.

"사장님! 이번은 제 잘못입니다. 제 재봉틀이 갑자기 훅 나가버려서 박음질이 잘못되어 버렸어요. 그걸 경희가 수습해준 겁니다. 다 제 잘못이어요."

점순의 말에 수훈은 숨을 한 번 크게 고르고 쉬더니 말을 이어갔다. 여전히 점순보다는 경희를 바라보며 다그쳤다.

"이런 실수가 다음에는 전혀 없어야겠지만……. 생긴다면, 나한테 먼저 말해. 내가 해결할 테니까. 이번에는 무사히 넘어갔지만, 잘못하면 내 얼굴에 먹칠하는 꼴이야."

가만히 수훈의 말을 듣던 정아가 새침하게 말했다.

"참나, 사장님께 말할 수 있어야지요. 사장님이 맨날 양복점을 비우고 계시다가 귀한 손님들이 오실 때만 오시기 때문이잖아요. 그러니 저희 나름대로 해결한 거 아니겠어요?"

"뭐?"

그런 정아의 태도에 점순이 정아를 변호했다.

"사장님도 아시겠지만, 실연의 상처라는 것이 사람을 미쳐버리게도 하는 거거든요. 미친 소리라고 생각해주세요. 어제에

70

이어 오늘 또 실연했거든요."

경희도 뒤이어 힘을 보탰다.

"저도 이하동문입니다. 미친 소리였어요."

"하! 됐다. 문제가 해결됐으면 된 것이지. 그치만, 다음엔 꼭……. 나를 찾거라. 알겠지? 경희야."

"네, 경솔했습니다. 죄송해요. 스승님."

"그래. 난 이만 가보마."

뒤돌아가는 수훈의 모습을 정아는 의문스럽게 바라봤다. 양복점이 뭔가 이상하게 굴러가고 있었다. 혼내야 하는 상황이 생기면, 수훈은 다른 이의 잘못이어도 항상 경희의 탓이라고 말했다. 그리고 경희는 그 말에 반박하지 않고 받아들일 뿐이었다. 수훈이 나간 뒤로 로비를 정돈하기 시작한 경희에게 정아가 말했다.

"네가 뭘 그리 잘못했다고 그렇게 굴어. 이 사달도 결국 너 덕분에 해결한 거고, 솔직히 말해서 네가 그려준 옷본으로 이 양복점이 성공하게 된 것인데……. 그렇게 바보같이 웃기만 하다간 다 뺏기고 말 것이야. 그이를 뺏긴 나처럼……!"

정아의 말에 경희가 쉽사리 답하지 못하자, 점순이 끼어들었다.

"경희가 언니랑 같은 줄 아십니까?"

또다시 시작된 점순과 정아의 티격태격에 경희는 웃으며 다시 재봉틀 앞에 앉아 재봉틀을 작동시켰다. 드르륵 재봉틀이 돌아가는 내내, 경희의 머릿속이 복잡했다. 정아의 말을 듣자, 왜인지 모르게 경희는 선영의 말이 떠올랐다.

'사람들은 나눠주면 호구인 줄 알고 빨아먹으려 들고, 내 거라고 소리치지 않으면 다른 사람들은 관심도 안 줘,'

그리고 경순이 말해줬던 말이 뒤이어 들려왔다.

'가장 중요한 건, 내가 내 것임을 정확히 아는 거야. 누가 뭐라든 너만 네 거라고 생각하면, 그건 누가 뭐라 해도 네 거야.'

그렇지만, 경희가 만든 옷에 어떤 이름조차 남기지 못하니, 아무도 그 옷이 경희가 만든 것인지도 모르고 관심도 없었다. 누군가 그 옷에 이름을 붙인다면 금방이라도 그 사람의 옷이 될 일이었다. 그럼에도 색색깔의 옷으로 경성의 거리를 꾸미는 재봉사로, 한 땀 한 땀 꿈으로 수를 놓아, 낭만을 외치는 멋쟁이를 빛내기 위해, 그저 재봉틀만 만질 뿐이었다. 그것이 경희가 옷을 만드는 이유였으니까. 그런데, 그러고 나면 나한테 남는 건 뭐지. 그 순간, 경희의 재봉틀이 덜컹하고 멈췄다. 바늘구멍에 실이 꼬여 멈춘 것이었다. 경희는 잘못 꿰어 엉켜버린 바늘구멍의 실을 쪽가위로 잘라냈다. 다시 재봉틀은 움직이기 시작했다. 아무 일도 없었던 것처럼. 어떤 실은 단번에 잘라버려야 했다.

* * *

양복점의 문을 닫고 나오자, 밤의 경성 거리는 어두워진 덕분에 더욱 화려한 조명들로 가득했다.

　퇴근하며 정아가 아쉬운 목소리로 말했다.

　"오늘은 모던보이들과 제대로 대화 한 번 못했구나……!"

　그 말에 점순은 정아를 한심스럽게 보았다.

　"그렇게 모던보이 뒤꽁무니만 쫓아다니다 빈털터리가 됩니다!"

　"너는 자꾸 왜 나를 가르치려 하는 것이야? 내가 너보다 두 살은 위야!"

　"언니 같지가 않아서 하는 말입니다! 어제도 전당에 물건을 맡기셨다지요?"

　"그런 소리는 자꾸 어디서 들어오는 게야? 너도 어차피 혼인하려고 돈 버는 거 아니니? 너랑 나랑 뭐가 다르니?"

　"다르죠! 엄연히 다르죠!"

　"뭐가 달라! 좋은 데 시집가려는 게 잘못된 것이냐? 우리처럼 대학도 가지 못한 계집들이……."

　"쳇! 됐습니다. 나는 이미 혼인하고자 약속한 그이가 있으니까요. 어디 누구처럼 이 사람 저 사람 그러지는 않습니다!"

　점순과 정아의 가운데 끼인 경희가 불편한 마음에 둘을 말렸다.

　"그만."

　경희의 말에 점순과 정아가 일순간 조용해졌다. 오늘은 큰 사고도 쳤으니, 경희의 말을 잘 듣는 걸로 합의했다. 점순이 말을 돌려 경희에게 물었다.

"근데 네가 웬일로 오늘은 일찍 집에 가니? 맨날 너 없이 저 언니랑 같이 가야 해서 얼마나 불편했는데!"

"야! 나는 안 불편한 줄 아니? 나도 너처럼 촌스러운 아이는 싫다!"

다시 불붙으려는 그들을 보면서 경희가 들뜬 목소리로 답했다.

"오늘은 야학에 갈 생각이야. 영어 선생님이 새로 오셨다더라!"

"너도 참 열심이다. 그렇게 살면 뭐가 변하디?"

점순은 그렇게 말하는 정아를 째려봤다. 그 시선에 정아는 뭐가 잘못이냐며 어깨만 들썩했다. 점순은 경희를 응원하는 투로 물었다.

"미국에 가려는 거지?"

경희가 고개를 끄덕였다.

"언니를 찾으러?"

"응"

경순이 사라지고 몇 년이 지났을 때였다. 출근길에 경희는 한 사람을 만났다. 경순에게 말로만 들었던 경순의 학교 동무였다. 경순의 동무는 경순이 사라지고 나서 같이 사라진 동생을 계속 찾고 있었다고 했다. 본가가 불타서 어디로 갔는지를 찾지 못했다고. 그러다 우연히 소식을 알게 되어 찾아왔다고 했다. 경순이 미국에 망명을 갔다는 소문을 들었다고 했다. 그러고는 잘 살아남으라고 했다. 그 뒤로 그 사람을 다시 만난 적은 없었다.

"소문이잖아, 그날 실종된 사람만 수백이야."

툴툴대며 말한 정아는 그 말을 듣고 들어온 경희의 상기된 얼굴을 분명히 기억했다. 두 눈 가득히 눈물이 잔뜩 고여 언니가 살아있을 수도 있다는 희망이 꽃피운 얼굴이었다. 정아는 그 소문만 전해주고 간 그 사람이 진짜 나쁜 사람이라고 생각했다. 헛된 희망을 주는 것만큼 이 시대에 잔인한 것이 없었다. 다들 어쩜 그렇게 힘이 넘치는지. 포기하면 편한 일을 계속 꾸역꾸역 붙잡고 있는 게 참으로 바보 같았다. 어차피 아무리 해도 바뀔 것 없는 시대라고 입 아프게 말해도 경희한테는 통하지 않았다. 경희는 매번 그 희망에 속아 넘어가면서도 무너지는 일이 없었다. 대체 쟤한테는 뭐가 있길래 저리 계속할 수 있을까 싶게. 바라던 일이 일어나지 않아도, 헛된 희망이라는 것이 뻔히 보이는 일임에도, 경희는 달려들었다.

"그래도 언니가 살아있다면, 그래서 만날 수 있다면 충분해요."

"너도 알잖아, 만날 수 없을 거란 거."

그래서인지 자꾸 기대를 부숴놓고 싶었다. 결국 기대가 이뤄지지 않더라도, 오히려 괜찮았으면 해서. 경희는 또 평소처럼 아무렇지 않은 듯 답했다.

"언니도 진정한 사랑을 만나고 싶은 기대가 있잖아요."

"아니, 난 기대하지 않아. 개중 괜찮은 결말을 고르려는 거지."

"그런 걸 기대한다고 하는 거예요. 괜찮은 결말이 있을 거란 기대."

경희가 웃으며 말을 이었다.

"결말은 무조건 해피-엔딩."

"그건 또 무슨 뜻인데?"

정아가 어려운 말을 하지 말라며 미간을 잔뜩 찌푸렸다.

"끝은 마침내 좋을 거라고요."

"끝나면 이미 죽고 없을 걸?"

"언니, 그거 알아요? 내가 되게 좋아했던 이모랑 똑같은 거. 그래서 내가 미워 못한다니까."

"뭐?"

"기대만으로도 충분할 수 있으니까. 어떤 끝이라도 가는 길 내내 즐겁지 않겠어요?"

경희는 갈림길에서 점순과 정아와 갈라져 야학으로 향했다. 경희의 뒷모습을 정아가 한참 바라봤다.

"저게 또 사람 휘젓는 소리만 하고 가는구나."

"얼른 집에나 가요."

점순이 그런 정아를 끌어 집으로 가는 방향으로 같이 걸었다. 아무 말 없이 그저 걷기만 했다. 돈을 잔뜩 모아 약혼자와 결혼할 수 있다는 기대, 돈 많은 모던보이를 꼬셔 본처가 되겠다는 기대, 미국에 있다는 언니를 만나러 갈 수 있다는 기대, 모든 이들의 기대가 모여 경성 거리가 반짝이는 밤이었다.

3, 지루한 귀국

뱃전에 파도가 부서지는 소리 사이로 뱃고동 소리가 울려 퍼졌다. 동경과 부산을 연결하는 관부연락선이 곧 부산에 도착한다는 의미였다. 채령은 관부연락선 갑판 위에 서서 한숨을 쉬었다. 그 한숨 소리가 방금 뱃고동 소리에 묻혔지만 말이다. 선명한 분홍색 계열의 투피스 양장을 입고 높은 구두를 신은 채령은 머리부터 발끝까지 모던걸 그 자체다. 선망의 대상이 될 만한 자태였다. 다만, 잔뜩 좁아진 미간이 펴질 일이 없어 보였다. 아주 오랫동안 해결되지 않는 문제가 채령의 오랜 편두통의 원인이 되고 있던 탓이다. 채령의 손에 들린 짧은 전보가 바람에 흔들렸다. '혼인하지 않으면 등록금 없음. 경성 귀국 요망!' 아버지 이섭에게서 온 전보였다. 채령이 혼잣말을 내뱉었다.

"치사하긴."

채령은 잔뜩 지루한 표정이 되어 갑판 난간에 살짝 기댔다. 수평선 너머에서 점차 보이기 시작하는 조선 땅을 보니 가슴이 답답해졌다. 끝내 다시 돌아온 고국이었다. 아무것도 바꿔지 않은 채, 더 나아가지 못한 채, 결국 끌려오듯 와 버린 조국, 그것이 참 씁쓸했다. 파도 소리는 변하지 않았고, 해안만이 강한 파도가 치는 대로 깎여나갔다. 유학 생활 5년 동안 바뀐 거라곤 오히려 깎여나가 뭉툭해진 자신의 마음이었다. 완성해낸 것 하나 없이 돌아온, 지루한 귀국이었다. 채령은 그저 여기 뱃머리에 뛰어내려 작게 신문 기사에라도 남을까 싶다가도, 그게 기삿감이라도 될까 싶었다. 아버지의 작은 전보 하나에 돌아올 수밖에 없는 미련한 귀국길이니 말이다.

변한 것 없는 나라에, 똑같은 방향으로 부는 바람, 깎아내기만 하는 파도, 곧 부산항에 도착한다는 알림 소리가 들렸다. 배에서 내릴 준비를 하는 사람들의 소리엔 기대가 살짝 묻어있었다. 여정이란 자고로 그러한 것이 아닌가. 도착하는 순간이 가장 설레는 것, 그 후의 일은 어떻게 흘러갈지 아무도 모르는 것. 서서히 느려지는 배에 채령의 가슴은 턱 하고 답답해졌다.

그때였다. 한 사내가 채령의 어깨를 두드렸다. 야마토였다. 남색 계열의 반들거리는 정장에 답답할 것 같은 넥타이는 빼고서 셔츠는 단추 세 개 정도를 가볍게 풀고 있다. 여유가 느껴지는 복장이었다. 능글맞은 미소를 지으며 채령의 몸에 자연스레 손을 댔다. 채령이 휙 돌려 그 손길에서 몸을 빼냈다. 그런 반응을 예상했다는 듯, 아무렇지 않게 친한 척 야마토가 물어왔다.

"결국 너도 경성으로 돌아가는구나?"

"내가 너랑 이렇게 이야기할 정도로 친한가?"

"왜 이래? 우리가 아무 사이도 아닐 수가 없잖아. 응?"

채령은 대답도 하지 않고 지나치려 했다. 그러나, 채령보다 훨씬 큰 키에 체구도 좋은 야마토가 막아서곤 끈적하게 붙어왔다. 채령이 그런 야마토를 밀쳐냈지만, 야마토는 밀어내는 힘도 견뎌내며 채령이 오가지 못하게 막아섰다. 화가 난 채령이 한숨을 쉬며 답했다.

"그다지 좋은 인연은 아니잖아. 머리가 나쁜가? 잊어버렸나보네?"

"어쨌든 인연 아닌가?"

야마토는 자신을 피해 가려는 채령의 앞길을 막고 서서는 뻔뻔한 표정으로 채령을 내려다봤다. 채령은 그런 야마토를 한심하게 바라봤다.

"나 총 팔아서 동경에 갔어. 그깟 총……. 집에 널렸는데, 네 머리에 박아줄까? 그래야 그 입을 다물려나?"

"그 총 누가 사주는데? 우리 대일본제국이 아닌가?"

그 말에 채령이 가방에서 권총을 꺼내 야마토를 겨눴다. 총 파는 집 여식에 걸맞게 재빠른 손놀림이었다. 그제야 야마토는 뒷걸음질치며 두 손을 머리 위로 올렸다.

"장난이지?"

"모르지? 장난이 될지? 진짜 사건이 될지?"

그 순간이었다. 배가 부산항에 닿고, 배가 흔들거리자 야마토가 뒤로 주저앉아 버렸다. 갑판 위에 주저앉은 야마토에게 채령이 가까이 다가가 총을 이마에 갖다 댔다. 야마토는 긴장한 듯, 침을 한 번 꿀꺽 삼켰다. 기세 좋게 뭉개보려 했지만, 채령이 예측 불가능한 사람이란 것을 너무나도 잘 알고 있기 때문이다. 긴장한 야마토를 보며 채령은 능숙하게 총에 총알이 없음을 내보였다. 빈총임을 안 야마토가 잔뜩 긴장했던 몸의 힘을 풀었다.

"이리 겁이 많아서 어떡해? 여기 너 노리는 사람 많을 텐데……. 안 그래?"

"무슨 뜻이야? 일본어로 해."

붉어진 얼굴로 야마토가 쏘아붙였다. 기세는 완전히 기운 후였다. 닻이 내려가고 항구와 배를 연결하는 널판이 설치됐다. 사람들이 우르르 내리는 소리가 나기 시작했다. 지겨울 정도로 익숙한 조선말들이 채령의 귀에 들렸다.

"우리나라에 온 걸 환영해."

* * *

경성 기차역에서 채령이 캐리어를 들고 힘없이 걸어 나왔다. 왜 이렇게 가기가 싫은지, 발걸음이 무척이나 무거웠다. 그런 채령이 기차역 앞에서 기다리고 있던 순이를 보자마자 얼굴이 활짝 폈다. 한참 채령을 기다리고 있던 순이가 느릿한 걸음으로 다가오는 채령을 발견하고는 한달음에 달려가 채령을 안았다. 곧바로 등짝을 때렸지만.

"훌랑 동경으로 유학가서 한 번 얼굴을 안 비추더니, 일자리 구해달라는 연락은 쉽디?"

"내가 원래 그렇잖아. 이리저리 왔다 갔다. 흔적 없이 왔다가 흔적 없이 사라지고……."

순이가 채령이 들고 있던 가방 하나를 들어줬다. 조금은 홀가분한 무게에 채령의 걸음이 빨라졌다. 순이는 그런 채령의 뒤를 따라 걸었다.

"자랑이다. 동무로서는 최악이야."

"무소식이 희소식인 걸로 알면 되잖아."

"그런 줄만 알았지. 네 얘기 듣기 전까진."

순이의 말에 채령이 걸음을 멈춰 섰다. 그에 순이 역시 뒤따라 걸음을 멈췄다. 돌아서 순이를 바라본 채령이 물었다.

"뭐야. 설마 경성에도 소문이 났어?"

"아니, 아직 나만 알아. 왜냐, 내 동생이 너랑 같은 학교 후배야."

"아……. 현이한테 들었구나."

순이가 채령의 등을 두들겼다.

"고생했어."

"그러게, 나 고생했다. 그치?"

순이가 살짝 가라앉은 분위기를 바꾸려는 듯, 더 밝게 말했다.

"그러니까, 얼른 돈 벌어야지! 너네 무서운 아버지한테 손목 잡혀 끌려가서 혼인하지 않으려면."

"당연하지."

깔깔거리며 웃는 채령과 순이가 경성 거리를 나란히 걷기 시작했다. 얼마 지나지 않아, 거리에서 신문을 파는 할아버지가 채령과 순이를 보며 혀를 찼다. 쯧쯧, 못마땅한 시선과 함께. 그 시선을 놓칠 채령이 아니었다. 순이가 채령의 팔뚝을 잡으며 말렸다. 채령이 그 손을 부드럽게 밀어냈다.

"괜찮아. 오자마자 사고를 치진 않아."

못마땅하게 바라보며 쯧쯧거리는 신문 할아버지 앞에 다가간 채령은 오히려 신문 가판대 위 신문을 샀다.

"잔돈은 됐어요."

순이도, 신문 할아버지도 당황스러운 듯했다. 채령은 자신이 산 신문을 펼쳐 읽었다.

'모던걸은 못된 걸, 조선의 모던걸들은 성격으로나 생활로나 화류병으로나 이미 이제 삼기의 파산기를 훨씬 넘어서고 있는 것이다. 무위도식군들의 가장행렬······! 오호 통재라.'

"여긴 역시 그대로구나."

채령이 신문을 구겨 버리며 신문 할아버지에게 물었다.

"무위도식이라는 건, 하는 일 없이 놀고 먹는다는 건데, 내가 지금 돈을 안 썼으면, 오늘 당신은 배를 굶었겠죠?"

"뭐? 버르장머리 없이."

"함부로 위아래로 훑으면서 쯧쯧거리면, 나도 그렇게 하고 싶어진다는 얘기에요. 아무 생각도 없던 내가 당신을 함부로 대하고 싶어진다고."

할아버지가 벌떡 일어나 곰방대로 내려치려 하자, 순이가 채령을 끌어당기며 다툼을 말렸다. 순이가 채령의 팔짱을 끼고는 그곳을 벗어났다.

"그대로인 걸 몰랐던 것도 아니면서 왜 그래?"

"그냥, 짜증이 나잖아."

"네가 바꿔버려. 원래 그런 걸 꿈꿨잖아."

"그런 건 포기한 지 오래야."

"왜 갑자기 약한 소리지?"

"원래 무뎌지는 거야. 아무리 날카로워도, 무뎌져서 동그랗게 점점 하나의 점처럼 바뀌는 거라고."

체념한 표정의 채령 옆에 순이가 싱긋하고 웃었다.

"유학비 벌겠다고 선생하러 온 애가 할 말은 아니네. 그 무서운 아버지한테도 귀국한 것을 숨기고 말이야!"

"그거야, 끌려가고 싶진 않으니까!"

"그래, 그게 네가 하는 방법이잖아."

내가 하는 방법이라······. 채령은 그 방법이 너무 지나치다고 말했던 그 사람을 떠올렸다. 그래서 걱정된다고 했다. 결국 방법이 너무 과하고 지나쳐서, 그 사람은 그냥 사라지길 택했다. 채령은 고개를 저었다. 그만 생각해야 했다. 순이가 조심스레 물었다.

"그래서 내가 부탁할 게 하나 있는데……. 내가 소개해준 여고 말고……. 네가 가르칠 수 있는 다른 곳이 하나 더 있는데 어때? 이건 무급이야!"

"무급은 동무끼리 해서는 안 될 말이야."

"무급은 동무니까 할 수 있는 말이지!"

순이가 채령의 팔짱을 끼고 끌고 갔다. 채령이 끌려가며 물었다.

"또 어딜 데려가려고?"

4. A부터 Z까지

순이의 손에 이끌려 채령이 간 곳은 야학이었다. 제대로 짐
도 풀지 못했는데 웬 야학인지, 채령이 말도 없이 눈빛으로 쏘
아붙였다. 그러자 순이가 밝게 웃으며 말했다.

"그 학교에서는 네가 지금 묵을 곳이 없다고 하더라고. 무급
인 대신, 이 야학 건물 3층 작은 방에서 묵어도 된다더라."

채령의 얼굴에 당혹감이 스치자, 순이는 얼른 정신없이 채
령을 설득해야겠다고 다짐했다. 이미 야학에 큰 소리로 약속을
한 탓도 있고, 매일 혼자 두고 싶지 않았다. 야학이면 늦은 시
간까지도 학생들과 시간을 보내겠지 싶었다. 순이는 채령의 등
을 떠밀었다.

"그래도 좋은 제안일 걸?"

"야학이 쓸모가 있긴 해?"

채령은 야학에서 배워봐야 쓸모가 있는 건 없다고 생각했
다. 아니, 배워봐야 알아차리는 건, 끝내 아무것도 바뀌지 않는
다는 현실을 자각하는 것뿐일 테니까. 배움 자체가 필요 없다
는 걸, 되려 동경에 유학가서야 깨달았다. 얼마나 많은 이들이

세상을 바꿔보겠다고 자신의 목소리를 크게 외쳤는가. 그럼에
도 돌아온 건, 소리치는 목을 잘라내는 이들의 존재였다. 배움
도 힘 있는 자들의 것이었으니까. 앞서서 걷던 순이는 뒤돌아
해맑게 웃었다.

"직접 교실에 들어가면 생각이 바뀔 걸?"

순이를 따라 채령은 건물 3층에 있는 작은 방에 짐을 풀고,
2층에 있는 교실로 내려갔다. 교실이라기보다 그냥 조금 넓은
방에 가까웠다. 책상은 한 예닐곱 개가 놓여 있었다. 그리고 그
안에는 다양한 옷을 입고 있는 여학생들이 있었다. 한복을 입
은 여학생부터 양장을 입고 있거나, 가게 유니폼을 입고 있기
도 했다. 그 안에는 경희도 함께였다. 꼿꼿하게 의자에 앉아 눈
을 밝히고 있었다. 나이도 제각각에 수준도 천차만별이겠지만,
눈빛 하나만은 비슷했다. 무엇이든 얻어가고 싶다는 그런 눈
빛, 채령은 학생들을 바라보며 그 눈빛이 부담스러웠다. 배우
면 뭐가 달라진다고. 달라지는 거라곤, 늘어나는 짜증과 답답
함 뿐일 텐데…….

그러나 야학을 찾아온 학생들에게는 그것은 그리 중요하지
않은 듯했다. 늦은 밤, 일을 끝마치고 찾아온 숨겨진 학교. 고
된 일상을 끝내고 드디어 찾아온, 바라는 것을 배울 수 있는 곳
이 야학이었다. 무엇이든 더 나아질 거라며, 더 쉬워질 거라며,
더 좋아질 거라며, 흘려보내는 밤이 아까워 무엇이든 해낼 수
있는 밤이었다.

채령은 학생들을 보자마자 곧장 건물 밖으로 나왔다. 반짝이는 눈빛들이 채령을 체하게 만들었다. 순이가 황급히 채령을 뒤쫓아왔다. 채령은 숨을 고르며 순이에게 물었다.

"내가 이런 곳에 와야 하는 이유가 있나? 묵을 곳이라면 어디서든 자면 돼."

"뭐 돕고 사는 세상 아니겠어?"

순이가 잠시 머뭇거리다 말을 이었다.

"사실 갑자기 야학 선생 해주던 이가 잡혀갔대."

"잡혀갔다고?"

"뭐⋯⋯. 이러저러한 거지. 그런 시대잖아. 네가 나보다 더 잘 알잖아. 그래서 잠깐만 맡아달라고 하더라고. 영어는 네가 나보다 훨씬 잘하니까⋯⋯."

"그리고 나는 친일파의 딸이니까? 좀 안전한가?"

"그리 말하면 나는 뭐가 다르니? 우리 아버지나 너네 아버지나 똑같지. 얼른 일루 와! 네가 나보다 잘할 일이야. 그래서 소개하는 거고. 솔직히 말해서 난 누굴 가르치는 재능은 없어서."

채령은 결국 순이에게 이끌려 학생들 앞에 섰다.

"자자, 영어 수업을 맡아줄 선생님을 데려왔어요. 자, 자기소개!"

"이채령입니다. 잘 부탁해요."

"성격은 별론데 동경 유학파 출신에 미국도 다녀오고 그랬으니, 뭐든 물어봐요."

경희는 채령이 미국에 다녀왔다는 말에 더욱 큰 눈을 반짝이며 바라봤다. 자신을 바라보는 눈빛들에 멋쩍어진 채령이 수업을 시작했다.

"뭐……. ABC부터 시작할까요?"

학생들과 함께 A, B, C로 시작하는 영어 스펠링을 가르치고, 발음을 익혔다. 하나 하나 스펠링을 적으며 Z까지 다가갈 때까지도 채령의 속이 시끄러웠다. Z까지 배우면 뭐가 달라진다고. 배우면 뭐가 달라진다고. 무언가 바뀌는 것은 환상이었고, 바뀌지 않는 것이 현실이었다. 그런 것을 아는지 모르는지, Z까지 배우면 뭔가 달라질 거라는 막연한 기대가 채령을 압박해왔다. 채령이 모르는 거라면, 야학 학생들에게는 배워본 경험조차 없어 이미 배우는 것만으로도 환상이었다는 사실이었다. 그러니, 야학 학생들이 생각하는 배우면 뭔가 달라질 거라는 믿음은 확신에 가까웠다.

수업이 끝나고, 학생들은 흩어지고 교실 안에 채령과 경희만이 남았다. 머뭇거리던 경희가 칠판을 지우던 채령에게 물었다.

"선생님, 미국은 어떻게 가셨습니까?"

"미국? 그건 왜?"

"미국에 가고 싶어서요."

"미국이 얼마나 먼 곳인지는 알아?"

"멀겠죠. 그래도 괜찮아요. 반드시 갈 거니까!"

"왜? 뭐가 그리 좋아서?"

채령은 담뱃불을 붙였다. 경희는 반짝이는 눈빛으로 채령을 바라봤고, 채령은 경희를 세상 물정 모르는 애를 보듯 봤다.

"만세운동 때, 죽은 줄만 알았던 저희 언니가 미국에 있을 수도 있대요."

채령은 속으로 생각했다. 이런 사연은 반칙이라고. 그런 채령의 속마음은 모른 채, 경희가 말을 이었다.

"게다가 미국에서는 의상 공부도 할 수 있고요. 전 디자이너가 되고 싶거든요. 패션 디자이너요! 그래서 저는 지금 무척이나 설레요. 사실 미국에 다녀온 여자를 처음 보거든요."

"아무것도 없을 수도 있어. 네가 기대한 모든 게."

경희는 잠시 말을 멈췄다가 답했다.

"그렇다고 아무것도 기대하지 않으면, 아무것도 할 수 없잖아요."

경희가 해맑게 웃으며 교실 밖을 나섰다. 채령은 뿜어내던 담배 연기를 더욱 깊이 끌어당겨 삼켰다가 뱉어냈다. 채령은 저러다가 그만둘 열정이라고 생각했다. 원래 패기는 항상 저렇게 빛났다가 불타고는 재만 남아버리니까.

다음 수업 날, 채령은 일찍이 야학 교실에 와 있는 경희를 봤다. 3층에서 내려오기만 하면 출근인 셈이라 채령은 부지런한 경희의 걸음이 당황스러울 따름이었다. 게다가 경희의 수첩엔 영어가 빼곡히 적혀 있었다.

"왜 매번 이렇게 일찍 와?"

"복습하려고요. 평소엔 정신이 없어 잊어버리거든요."

채령이 야학 선생님이 된 지, 한 달이 넘어가는 즈음이었다. 경희는 여전히 매일 매일 누구보다 일찍 왔고, 누구보다 늦게 갔다. 항상 반짝이는 눈을 하고 야학에 왔다. 경희는 수업이 끝나고 나면 채령에게 꼭 하나씩 질문을 하고 갔다. 담배를 피우며 경희의 질문에 답하던 채령이 문득 물었다.

"담배피우니?"

"아뇨. 안 좋아합니다."

채령은 자신의 손가락 사이로 올라가는 담배 연기를 바라봤다. 싫다는 소리 한 번을 안 하더니. 채령이 담배를 비벼 껐다.

"아! 혹시 선생님이 입고 오시는 양장을 제가 그림으로 그려도 될까요?"

"왜?"

"늘 입고 오시는 게, 경성의 유행보다 조금 빠른 것 같아서요."

"당연하지. 동경에서 먼저 가져온 거니까."

"그래서 배우고 싶어서요."

채령은 이미 경희의 손에 들린 수첩이 거뭇하게 글씨들로 빼곡함을 보았다.

"뭘 그렇게 늘 열심히 배워."

"할 줄 아는 게 그뿐이라서요."

"마음대로 해. 내 옷을 그리든, 옷을 달라고 하든."

"그리는 것이면 충분해요."

그때부터였다. 경희는 수업 시간 전에 일찍 와서 채령의 양장을 스케치했다. 그런 모습을 보며 채령은 동경에서의 일을 떠올렸다. 그 사람도 그림을 그리는 것을 좋아했다. 옷은 아니었지만, 그 사람은 초상화를 그리길 좋아했는데. 그 사람은 얼굴에서 중요한 건 주름이라고 했다. 주름이야말로 피사체가 살아온 경로 같은 거라고 했다. 그 사람의 그림 속 채령은 미간을 항상 찌푸리고 있었던 것 같다. 유독 주름이 많은 채령의 손을 그리는 걸 좋아했던 것 같기도 하다. 한편, 경희의 그림을 흘깃 보는데, 경희의 그림 속에는 옷뿐이었다. 그 안에 사람은 없었다. 채령은 살짝 웃었다. 딱 경희 저 자신 같은 그림이어서.

얼마 후, 채령은 스케치의 보답으로 경희에게 영어 회화 책한 권을 선물했다.

"영어 회화 책이야. 미국에 가고 싶으면 A, B, C가 아니라. 대화하는 법을 배워야지."

경희는 한참 회화 책을 내려다보더니, 감격한 얼굴로 답했다.

"저 진짜 열심히 할게요, 선생님."

대화의 요령을 알려주고 싶었을 뿐인데, 열심히 하겠다니 부담스럽지만, 믿어보고 싶었다. 저렇게 꿈꾸는 눈빛을 가진 사람이 성공하는 걸, 그 빛을 잃지 않고 잘 해나가는 걸 말이

다. 그 사람 역시 늘 그렇게 말했다. 너 같은 표정을 가진 사람
이 포기하지 않았으면 좋겠다고.

5. 낯선 방문자

양복점 '러키라케'의 문이 열리고, 현우가 다급히 양복점 안으로 들어왔다. 홀로 마감 중이던 경희는 놀란 눈으로 현우를 바라보고 물었다.

"무슨 일이십니까?"

현우는 다급히 말했다.

"가위가 있습니까?"

"가위요? 네, 어…… 여기요!"

현우의 재촉에 가위를 줘버린 경희는 자신이 보고 있는 광경을 이해할 수 없었다. 현우가 자신이 입고 있던 비싼 정장을 가위로 직접 잘라내기 시작했기 때문이다. 허둥지둥 난리다. 딱 보기에도 귀한 정장을 잘라내고 있으니, 경희는 당황스러울 수밖에 없었다. 진짜 의도가 있는 가위질이 아니라, 아무 데나 자르고 있으니 말이다. 현우의 난리통에 잘려 나온 원단을 만져본 경희는 최고급 원단이라는 것을 깨달았다. 현우는 이제 가위를 내려놓고 손으로 박음질 부분을 찢어내기 시작했다. 완전 누더기가 된 옷을 자랑스럽게 내보이며 현우가 말했다.

"어때요? 뭔가 다사다난해보이지 않습니까? 전차에 치였든? 오다가 거리에서 굴렀든?"

"네……. 딱 봐도 지금 정상은 아닌 것 같습니다."

"아주, 만족스러운 상태네요. 어떤 여자도 도망가려나?"

"아마도요……?"

경희의 대답에 만족스러운 표정을 지은 현우가 바닥에 내려둔 가위를 다시 들어서 가위날로 자신의 몸에 살짝 상처를 냈다. 그런 현우의 모습에 당황한 경희는 현우에게 달려가 가위를 붙잡고 말렸다. 작은 실강이가 이어졌다.

"뭐 하시는 거예요! 피 나잖아요!"

"연기할 거면 제대로 해야 해서. 잘 부탁해요. 나 이런 꼴로 온 거야."

그 순간이었다. 양복점에 들어온 사람은 채령이었다. 채령은 자신이 보고 있는 상황이 뭔지 쉽게 이해할 수 없다는 듯한 표정으로 서 있었다. 가위를 든 현우를 말리던 경희는 화들짝 놀라 정문에 선 채령을 향해 달려갔다. 그러고는 채령을 양복점 밖으로 밀어내려고 힘을 썼다.

"선생님! 돌아가셔요. 얼른! 이상한 사내입니다! 아니…… 사실 미친 것 같아요. 위험하니까 돌아가셔요. 그런데, 어찌 이 곳을 알고 찾아오셨습니까?"

경희의 말에 의아한 질문을 던진 건, 현우였다.

"선생님?"

채령은 경희의 말에 싱긋 웃더니 양복점 안에 누더기로 된 양장을 입은 현우를 바라봤다.

"이상한 사내? 설마 저 덜 떨어진 룸펜 자식을 보고 하는 말이야?"

"아는 분이셔요?"

"아마도 나랑 약속한 정혼자가 저 미친······."

채령은 말을 정돈했다.

"아니 저 덜 떨어진 사내같구나."

"예?"

채령의 말에 놀란 건, 경희 뿐만이 아니었다.

"네가······. 내 정혼자라고?"

양복점 문가에 서 있던 채령이 놀란 경희의 어깨를 토닥이곤, 안쪽으로 걸어들어왔다. 입엔 잔뜩 장난스런 웃음을 가득 채우고서.

"뭔데 너? 무슨 괴상한 꼴이냐? 어쭈 피까지 냈어?"

"진짜로 너야? 내 정혼자가?"

"그런 것 같은데? 우리 아빠 몰래 귀국한 거였는데······. 결국 들켜서 여기까지 끌려왔지, 뭐야."

"와······. 진짜 우리 할아버지 보는 눈 없네."

"야, 그건 내가 할 말이지."

현우와 채령은 서로를 원수 보듯 바라보다 갑자기 반가운 듯 꽉 껴안았다. 그들 사이에서 얼떨떨한 건, 경희뿐이었다.

"오랜만이야. 레이디."

"나도 오랜만이야. 이제 놔줄래?"

현우는 채령을 놔주며 자신이 스스로 낸 상처에 아파했다.

"너인 줄 알았다면, 이런 생난리는 안 쳤을 거야."

"나인 줄 몰랐다고 해도, 정상이라면 이런 미친 짓은 안 했을 거야."

현우는 긴장이 풀린 듯한 표정으로 자리에 주저앉았다. 그런 현우의 머리를 채령이 쓰다듬으며 말했다.

"그래도 걱정할 필요는 없네."

"우리가 혼인할 일은 없을 테니까?"

"당연하지."

채령이 뒤돌아 멍하니 서 있던 경희를 보고 현우를 소개했다.

"동경에서 징그럽게 봐온 제 동무예요. 좀 멍청하고 대가리가 마치 꽃밭처럼 과하게 밝지만요."

"뭐?"

채령은 발끈하는 현우를 무시하고 말을 이었다.

"일한다는 곳이 여기였어요? 여기 디자이너?"

"아뇨, 아직은 재봉사죠."

채령은 양복점 안을 둘러보며 말했다.

"아니, 여기 이름이 러키라케라는데, 간판엔 럭키 레이크인 거야. 그래서 못 찾을 뻔했잖아."

"그냥 발음나는 대로 부르는 거지 뭐."

주저 앉아있던 현우가 일어나며 엉덩이를 털며 말했다. 경희는 의아하게 물었다.

"럭키레이크요?"

"경희씨 나한테 배웠잖아요. 영어. 물론 저 단어를 우리가 쓸 일은 크게 없지만. 레이크. 호수란 뜻이에요. 뭐 해석해보자면 행운의 호수랄까?"

행운의 호수, 경희는 한 번도 자신이 양복점의 이름에 대해 궁금해하지 않았다는 걸 깨달았다. 왜 한 번도 묻지 않았더라. 그냥 수훈이 소개한 그대로가 경희에게는 정의 그 자체였다. 근데 왜 틀렸던 거지. 분명 미국에 유학을 다녀왔다고 했었는데. 갑자기 생각이 많아진 경희의 앞에 현우가 얼굴을 들이밀며 물었다.

"그나저나 저 기억하죠? 채령이 제자인 줄은 몰랐네."

밀려나 있던 현우가 채령과 경희 사이에 끼어들었다. 다만, 현우의 알은척이 통하지 않았다.

"네? 저희가 혹시 만난 적이 있나요?"

경희가 현우를 진짜로 못 알아보자, 현우는 되려 느끼하게 경희에게 말했다.

"하! 내가 어디가서 쉽게 잊히는 얼굴이 아닌데, 그대는 참 독특하오?"

가만히 듣고 있던 채령은 현우의 옆에서 우웩하는 시늉을 하고는 현우를 한심하게 바라봤다. 경희는 급히 기억을 더듬었다.

"손님으로 오신 적이 있나요?"

"아……. 그저 손님인 친구를 따라 왔었지."

"아, 제가 사람 얼굴을 기억하지 못해서 옷으로 기억을 하거든요. 다음에 옷 사러 오시면 기억해보겠습니다."

정말 어떠한 관심조차 없었다는 경희의 대답에 채령은 끝내 참았던 웃음이 터졌다. 그 옆에 현우는 무안하게 서 있었다. 그런 현우를 채령이 끌어당겨 밖으로 이끌었다.

"우리는 회포 풀러 갈게요."

"잠깐만! 저 진짜 손님으로 와요. 그때는 기억해줘야 해요. 커밍 쑨."

* * *

낡은 주점에 채령과 현우가 마주보고 앉았다. 채령은 주점 안을 힐긋힐긋 보며 주변을 살폈다. 누더기가 된 양장을 입은 현우와 붉은색 원피스를 차려입은 채령은 낡은 주점에서 가장 이질적인 존재들이었다. 현우는 신경도 쓰지 않고 국밥을 우걱우걱 먹고 있었지만 말이다. 그렇게 먹는 현우의 어깨에 살짝 베인 상처를 채령이 발견하고는 손수건으로 닦아줬다.

"대체 왜 그렇게까지 한 건데? 진짜 네 취향인 여인이 왔을 수도 있잖아."

"반발심이랄까? 그냥 우리 할배가 하라는 혼인은 절대 하고 싶지 않아서."

"아이고, 미련해라."

"네가 할 말은 아니지. 웬 선생님?"

"왜 나는 선생질하면서 돈 벌면 안 되냐?"

"돈 벌어서 뭐하게?"

"다시 가야지, 동경."

"동경에 볼 사람이라도 있어?"

"없지, 이젠."

"아, 미안."

현우가 국밥을 먹던 숟가락을 내려두며 채령의 눈치를 보았다. 불과 1년 전까지만 해도 현우와 채령은 같은 조선인으로 동경 유학 중인 모임의 일원이었다. 그들 사이엔 그들이 연인이라는 소문이 돌았다. 그 소문을 잘 이용해 먹은 건 채령이었다. 채령은 그런 현우의 이마를 톡 하고 때렸다.

"밥이나 먹어. 그래도 내가 너한테 고맙지. 내가 널 방패막이로 쓴 건 사실이니까. 이번엔 내가 해줄게."

"응?"

"필요한 거 아냐? 정혼자라도? 할배한테 보여드릴?"

"됐어. 난 그런 거 잘 못하는 거 알잖아. 그냥, 난 네가 별로라고 할 거야. 너는 나 같은 사내를 좋아하지 않는다고 솔직하게 말해. 게다가 난동까지 부렸다고 말이지."

현우가 담백하게 웃었다. 그래, 내가 이래서 얘와 동무였지. 현우가 경성으로 돌아가고, 방패막이로 채령의 연인과의 관계를 가려주는 것이 끝나자마자, 사건이 벌어졌다. 밝히지 않으려 했던 관계가 수면 위로 올라왔고, 그것은 작은 추문이 되었다. 그 시기 그저 흔한 소문 정도로, 채령은 그걸 무시했고, 연인은 그걸 삼키는 사람이었다. 그래서 그냥 전차에 몸을 던졌을까. 그렇게 사라질 인연이었나, 채령은 계속 떠올렸다.

현우가 채령에게 술 한 잔을 건넸다. 채령이 술 한 잔을 한 번에 털어 넣었다. 꿀꺽, 과거의 연인처럼 채령이 이제는 삼키기 시작했다.

"그래도 지루했던 경성이 재밌어질 것 같아."

"왜 갑자기?"

"그 양복점 재봉사있잖아. 이름이 뭐야? 네 학생이라며."

"경희?"

"이름이 경희로구나. 좋아. 마음에 들었어."

"아이고, 여전히 한 없이 가볍게 구는구나. 좀 생각을 깊게 해보면 어때?"

"내가 깊게 해서 뭐해. 그냥 하는 거지."

"한 번이라도 진지해질 생각은 없어?"

"그런 건 너무 귀찮은데."

현우가 두 팔 두 다리를 뻗으며 기지개를 켰다. 채령이 그런 현우의 정강이를 발로 찼다.

"감히 상처 주지 마."

"상처를 주진 않아."

"그래도, 그런 가벼운 마음이라면 내가 허락 못하지."

"선생과 제자 사이 아닌가?"

"내가 응원하는 사람이야."

현우는 가위를 든 자신을 말리던 경희를 떠올렸다. 얼굴도 기억조차 못 하는 사람이 하는 일에도 그렇게 나설 수 있나. 저번 재킷에 관해 설명할 때도 현우는 작업실에서 눈치를 보던 다른 재봉사들을 살폈다. 눈치를 보는 모양새나 살짝 붉은 눈을 보니 아마 그들이 낸 사고였을 거다. 경희라는 그는 되려 자신이 앞서 나서는 사람이었다. 어떤 책임을 질 줄 알고. 어쩌면 무모한 사람, 그리고 어쩌면 단단한 사람일 터였다.

"나한테도 응원하는 사람이 될 수도 있잖아."

그날 이후가 시작이었다. 현우가 러키라케의 문턱이 닳게 찾아오기 시작한 것은.

* * *

우아한 걸음걸이로 걸어 들어와 경희를 찾았다. 양복점 안에 있던 수훈의 미간이 잔뜩 찌푸려진 것은 모른 척했다.

"모던보이라 함은, 딱 맞는 맞춤 정장부터 시작하는 법, 나의 피부색과 체형에 맞는, 나만을 위한 정장을 부탁하네."

경희는 당황한 표정으로 현우를 바라봤다. 마치 장난처럼 다가왔다. 한없이 가볍던 현우의 말이 경희에게 크게 와 닿은 건, 한 문장 때문이었다.

"경성에서 날 최고로 만들어주길 바라오."

"무엇이 필요하십니까?"

"아무래도 자켓부터?"

경희는 현우의 치수를 쟀다. 경희가 다가오자, 현우는 짐짓 진지한 표정이 되었다. 경희는 정말 현우의 잘난 얼굴보다도 현우의 목둘레를 재는 것이 더 중요해 보였다. 덩달아 현우 역시 가만히 서 있었다. 경희가 하라는 대로 움직였다. 이 순간에 장난은 어울리지 않는 것임을 느꼈기 때문이다. 수훈은 경희가 현우의 치수를 재는 것을 그저 바라보았다. 묘한 불안감이 피어올랐지만, 수훈은 그저 믿었다. 경희는 그럴 애가 아니라고 말이다.

며칠 후, 양복점에 온 현우는 경희에게 건네받은 자켓을 휙 돌려 입고는, 경희에게 찡긋했다. 경희는 그런 시선을 몸 돌려 피했다. 야학에서 채령이 농담조로 현우를 조심하라는 말을 덧붙였기 때문이기도 했다. 거울 앞에 서서 자켓을 보던 현우는 자신의 옷이라고 느낄 만큼, 몸에 착 달라 붙는 것을 느꼈다. 아, 이건 이 여인의 진심이구나. 현우는 자켓을 매만졌다. 경희는 살짝 긴장된 목소리로 물었다.

"어떠십니까?"

"너무 좋습니다."

현우는 자신이 바라보던 거울 안으로 들어온 경희를 바라봤다. 좋다는 말에 경희의 광대가 올라갔다.

"이제 절 기억하시겠습니까?"

"아, 당연하죠."

"이제부터 시작입니다."

현우는 기분 좋은 걸음으로 양복점을 나섰다. 스치듯 현우를 본 정아가 들어와 물었다.

"저이는 누구야?"

정아의 궁금증이 무색하게, 뒤이어 현우의 방문이 계속 이어졌다. 재킷으로 시작해서, 바지, 장갑, 모자, 구두까지 점차 양복점에서 해줄 수 없는 것까지도 요구하기 시작했다. '모던 보이라 함은' 이라는 이상한 말투는 덤으로 말이다. 이미 딱 맞는 바지를 가져와 기장을 늘려달라고 해서 자신의 다리보다 긴 바지를 펄럭이며 양장점 밖으로 나서거나, 섬섬옥수라 손을 보호해야 한다며 한여름에 장갑을 요청하고, 양복점에서는 취급하지 않는 가죽 구두를 맞춰달라며 떼를 쓰기도 했다. 현우가 하는 행동은 어쩌면 기행처럼 보이기도 했다. 그리고 그 모든 기행의 방향은 경희였다. 경희는 매번 현우의 요청에 머리가 아팠다. 대체 어떻게 만들란 말인가. 점순과 정아는 현우를 이렇게 말했다.

'조금 덜 떨어졌지만, 잘생긴 모던보이 도련님'

정아는 경희의 옆구리를 찌르며 말했다.

"저이가 널 좋아하는 구나."

"대체 그게 무슨 말씀이십니까? 이게 좋아하는 이의 행동이라고요?"

점순도 이해가 안 된다는 듯 경희의 편을 들었다.

"맞아, 나의 님은 절대 이런 일은 없으시다고."

"너의 님과 저 모던보이 도련님은 다르다니까?"

"뭐가 다른데요!"

점순과 정아가 또다시 으르렁 거릴 때, 경희는 정아가 자신에게 한 말이 머리에 맴돌았다.

'저이가 널 좋아하는구나.'

다른 날, 현우가 양복점의 열린 문가에 기대 말했다.

"내 이번에는 양말을 맞추러……."

"퍽이나!"

점순이 작게 비웃었다.

경희가 양복점을 나가 예를 갖추며 현우에게 말했다.

"이제 더 이상 맞춰드릴 수 있는 것이 없습니다."

"…… 그럼 이제 보러만 와도 됩니까?"

현우의 그 말에 경희는 그저 웃고만 있었다. 정아가 경희의 등을 밀치며 현우와 양복점 밖으로 내보내려 하자, 당황한 경희가 정아를 말렸다.

"언니, 아직 일이 끝나지 않았습니다."

"뭘 그러니? 이 양장점에 너뿐인 줄 아니? 당장 나가거라. 저 귀찮은 손님도 데리고!"

정아는 카운터에 서서 지폐를 세는 수훈을 향해 큰 소리로 물었다.

"그렇지요? 사장님?"

정아의 물음에 수훈은 다정히 웃으며 답했다.

"그래. 다녀오거라."

경희가 수훈의 허락을 받자, 마음이 놓였다. 현우는 양장점의 문을 열고, 경희를 밖으로 인도했다.

"어서 같이 가시지요."

소란스럽게 경희와 현우가 나가자, 양복점 안은 순식간에 조용해졌다. 조용한 양복점 안에서 수훈이 홀로 혼잣말을 내뱉었다.

"…… 계산이 맞지가 않네……."

작업실에 있던 정아는 그런 수훈의 모습을 몰래 바라봤다.

6. 활동사진

경성 거리를 현우와 경희가 나란히 걸었다. 적당한 온도에 맞춘 적당한 거리로 서서 말이다. 현우는 경희를 살짝 내려다보며 물었다.

"뭘 하고 싶소? 뭐 하고 싶었던 것이 없소?"

그런데, 현우가 바라본 경희는 어느새 가방 속에서 수첩을 꺼내 한 남성의 모습을 스케치하고 있었다. 원래 행인은 발목을 덮는 기장의 바지를 입고 있었는데, 경희의 스케치에서는 발목이 드러난 바지였다. 차이점을 발견한 현우가 재밌다는 목소리로 말했다.

"발목이 드러나니 좀 더 낫소."

현우의 말에 놀란 경희가 다시 수첩을 가방 속에 넣었다.

"아, 죄송합니다. 습관입니다."

"난 뭐라 한 적 없소. 난 그대가 옷을 만드는 것에 반한 것이니."

"예?"

경희가 의아한 표정을 바라보자, 현우가 미소지었다.

"반짝이더라고. 만든 옷을 건넬 때, 그대의 눈빛이."

현우가 가방 속에서 카메라를 꺼냈다. 동경에서 현우가 사온 것 중에 카메라는 가장 오랫동안 고민했던 물건이었다. 카메라를 살지 말지 고민하던 현우에게 채령은 돈도 많은 애가 뭘 고민하냐며 채근하기도 했다. 사실 고민했던 이유는 돈 때문이 아니었다. 제대로 다루지 못할 느낌이 들었기 때문이다. 그럼에도 불구하고 알아가고 싶다는 느낌이 든 건 처음이었다. 현우는 항상 부잣집 도련님으로 살며 하지 못할 건 없었다. 모든 것이 쉬웠다. 실패할 수도 있는 가능성을 모두 배제했으니까. 잘 알고 잘 해낼 수 있는 것들만 택해왔다. 동경에서 영문학을 전공한 것도 이미 조선에서 선교사를 통해 영어를 배웠던 경험이 있었기 때문이었다. 그것이 즐거웠느냐고 물으면, 그저 불안하지 않았다고 답했다. 동경에서 배운 거라면 더 많은 영미 문학을 읽은 것에 가까웠다. 그렇게 현우는 항상 자신이 잘 아는 분야에만 머물렀다. 항상 누군가에게 어떻게 하면 더 잘할 수 있는지 질문을 받는 대상이었다. 그런 현우에게 카메라는 전혀 아무것도 모르는 대상이었다. 제대로 알지 못해서 불안한 존재, 그렇지만 그래서 알아가고 싶은 특이한 물건이었다. 현우에게는 첫 질문이었을 거다. 이건 어떻게 다루는 거냐고. 하나부터 천천히 알아가고 싶었다. 이제는 능숙하게 다룰 수 있었지만, 그 다음 계획은 없었다.

현우가 카메라를 들고, 경희를 향했다.

"스케치해봐요. 찍어드릴 테니."

"예?"

"어서!"

경희는 잔뜩 긴장해서 어색하게 스케치했다. 뷰파인더로 경희를 보던 현우가 웃으며 다시 말했다.

"스케치하는 척하는 게 너무 티가 나는데……. 그러니, 날 진짜로 그려보시오. 이 카메라는 진짜 비싼 거라 경성에서 보기 드문 것이니."

경희가 자신을 찍는 현우를 보며 스케치를 시작했다. 현우의 말처럼 카메라를 들고 다니는 이는 흔한 사람은 아니었다. 현우가 능숙하게 렌즈를 돌릴 때, 경희의 시선이 렌즈를 돌리는 현우의 손가락을 따라갔다. 그리고 렌즈 아래로 현우의 입꼬리가 잔뜩 올라가는 것이 보였다.

찰칵-.

처음으로 찍힌 사진이었다. 카메라를 들고 자신을 바라보는 현우를 보며, 경희는 한 번도 자신을 스케치해본 적이 없다는 걸 깨달았다. 항상 다른 이를 보고 있었다. 자신을 위한 옷은 한 번도 만들어 본 적이 없었다. 그저 필요한 옷을 입어왔을 뿐. 현우가 밝게 웃으며 다가왔다. 찍은 사진이 마음에 드는 모양이었다.

"사진은 인화하면 드리리다. 이 필름을 다 써야 인화할 수가 있으니 조금만 기다려주시오."

"원래 사진을 좋아하십니까?"

"아, 그냥, 좋아하는 것이죠. 별 의미는 없습니다."

현우는 뭔가 부끄러운 듯 물었다.

"참 별것이 없지요?"

"무엇이요?"

"사진을 찍는 이유조차 없는 게 말입니다."

경희가 살짝 웃었다.

"무엇을 하는 것에 꼭 이유가 필요한가요. 이유 없이 하고 싶은 게 있다는 건, 좋은 겁니다. 이유가 있든 없든 계속하게 될 테니까요. 저도 그런 걸요."

걸어가던 현우가 우두커니 서서 물었다, 약간은 벙찐 표정으로.

"그대도 옷을 만드는 것에 이유가 없소?"

경희가 뒤돌아 현우와 눈을 맞췄다. 현우는 순간 자신을 바라보는 경희를 아주 잘 찍고 싶다고 생각했다. 차마 시도하지 못하고 현우는 손가락으로 셔터 버튼을 매만졌다.

"그냥 좋아서 합니다. 목표는 있지요. 언젠가 저만의 양복점을 만들고, 미국에 가겠다는. 그런데 반드시 그 목표를 이루고 싶어서 하는 건 아니에요. 그냥 어릴 때부터 좋았어요. 엄청난 이유는 없습니다."

"그냥 좋아서 한다라."

현우는 자신의 손안에 있는 카메라를 내려다봤다. 좋아하는 것 다음으로는 어디로 가야 할까. 잠시 생각에 빠진 현우에게

110

경희가 물었다.

"그나저나 저희 어디로 가나요?"

경희가 묻자, 현우는 가고 싶은 곳이 생겼다는 듯, 들뜬 표정이되었다. 좋아하는 것 다음으로 어디로 가야 할지 알 것 같았다.

그렇게 나란히 걸어 도착한 곳은 신영극장이었다. 경성에서 활동사진을 보려면 꼭 찾아야 하는 극장 중 한 곳이었다. 그앞에서 현우는 싱글벙글 물었다.

"혹시 활동사진을 본 적이 있소?"

아직 한 번도 활동사진을 본 적이 없던 경희는 왠지 부끄러웠다. 경성에서 살면서 가본 곳이라고는 양복점과 집, 그리고야학뿐인 것이 들킬 것 같아서. 그럼에도 거짓을 말할 수는 없었다. 경희는 민망한 듯, 천천히 답했다.

"아직, 한 번도 본 적 없습니다."

경희의 대답을 들은 현우는 만족스럽게 미소지었다.

"완벽하네."

* * *

극장 앞에서 서로 마주 보던 현우와 경희의 곁을 승효가 지나쳐 갔다. 승효는 경희를 단박에 알아봤다. 이웃방 여자? 그런 생각은 뒤로 하고, 다급히 극장 안으로 달려 들어갔다. 이런 적이 없었는데, 지각이었다.

철커덕, 영사기가 크게 움직였다. 신영극장 영사실에서 승효는 영사기에서 필름이 잘 돌아가고 있는지를 확인했다. 승효가 일하는 곳은 커다란 극장에서 가장 좁은 이 방이다. 필름이 잘 돌아가는 걸 확인한 승효가 옆에 있던 필름들을 정리했다. 팔을 올리려다 확 통증을 느꼈다. 지난밤, 몸 다툼에 오른팔이 다쳤는지 위로 올리는 게 어색했다. 그 사이에, 동료가 영사실 문을 열고 들어왔다.

"오늘 늦었네?"

"늦게 일어나서요."

필름을 들던 승효가 오른팔이 뻐근해 머뭇거리자, 동료가 물었다.

"다쳤어?"

"아뇨. 필름이 무거워서."

승효가 옅게 웃으며 무마했다.

"아, 조심해야지. 난 먼저 퇴근한다."

"네!"

혼자 영사실을 지킬 때면, 승효는 틈 사이로 영화를 봤다. 우스꽝스러운 장면에 관객들이 웃고 있었지만, 승효는 차마 웃을 수가 없었다. 승효가 오른팔 어깨를 만지작거리다 결국 자켓을 벗었다. 오른팔에 피 묻은 붕대가 드러났다. 승효는 다시 한 번 붕대를 꽉 감아 지혈했다. 한 번 더 관객들의 깔깔거리는 웃음소리가 들렸다. 승효는 그 소리를 듣고 조용한 영사실 안에서 혼잣말을 내뱉었다.

"뭐가 저리 즐거워서."

매일 웃는 관객들의 뒤에서 승효는 생각했다. 지금이 웃어도 되는 시대인가 해서. 매일 사람들은 죽어가는데, 매일 사람들의 웃음은 커져만 갔다. 어두운 밤을 환히 빛내는 전등과, 반짝이는 활동사진 속 허상들, 허상에만 갇혀 웃는 사람들의 그림자 속에 승효가 있었다. 이 시대의 진실은 이미 잊혔고, 지워졌다고 느꼈다. 아무도 제대로 보지 않았다. 아무도 영화가 나오는 근원지인 영사실을 바라보지 않는 것처럼. 작은 틈으로 영화를 보던 승효가 괜히 심술이 났다. 그럼에도 아무것도 하지 못하고 틈만 바라봤다. 조용히 있어야 했다. 드러나지 않아야 했다. 그런데, 갑자기 관객 중 누군가 뒤를 돌았다. 경희였다. 이 안쪽의 공간이 보이지 않을 걸 알면서 승효는 왠지 모르게 틈 아래로 몸을 숨겼다. 본능적인 움직임이었다.

다시 웃음소리가 커졌고, 영화가 끝나는 소리가 들렸다. 이제 영화는 끝이 났다.

* * *

극장을 나서며, 경희는 한결 가벼운 발걸음으로 걸었다. 현우는 들뜬 경희의 발걸음에 맞춰 걸었다.

"활동사진은 마음에 들었소?"

"최고였어요. 남자 주인공이 입은 정장 웃옷의 단추가 참 예쁘더라고요. 위치도, 모양도. 많이 배웠습니다!"

현우는 헛웃음을 지어 보였다. 영화의 내용보다도 이 여인에게 중요한 것은 옷 하나구나 싶어서.

"정말 그것만 보이는 겁니까?"

"더 잘하고 싶으니까요."

현우는 경희의 대답에 미소지었다. 그렇지, 좋아하는 것의 다음은 더 잘하고 싶은 거지. 잠시 경희와 나란히 걷던 현우가 결심한 듯 멈춰서서 물었다.

"그⋯⋯. 패션 디자이너 말이요. 그대가 하고 싶다는 그거. 내가 기회를 줄 수는 없겠소?"

"예?"

경희의 사고가 잠시 정지되었다. 지금 눈앞에 있는 사람이 새로운 기회를 제안할 거라는 것을 한 번도 생각해본 적이 없었다.

"이제 학기를 다시 시작해야 하니 다시 동경에 갈 일이 생겼는데, 동경에도 좋은 옷들이 많습니다. 그곳에서 옷을 배워볼 생각이 없나 해서 묻는 거요."

"그것은⋯⋯."

경희가 대답하기도 전에 현우가 말을 채 갔다. 능글맞은 미소와 함께.

114

"빨리 답할 필요는 없소. 그저 제안일 뿐이니 부담가질 필요도 없고. 다만, 동경에 함께 가지 않는다면 잘생긴 나를 자주 보지 못하겠지."

현우의 농담에 경희는 웃음이 터졌다. 아, 이런 사람이지. 부담을 내려놓고 웃게 만드는 사람.

"…… 생각할 시간을 주시겠습니까?"

"영광이죠."

현우는 경희가 하숙집으로 들어가는 것을 보고 돌아섰다. 이제 곧 동경으로 돌아가야 했다. 경성에서의 부잣집 도련님 놀이가 끝날 참이었다. 저 이와 함께 동경에 갈 수 있을까. 돌아가는 현우의 발걸음이 가벼웠다.

* * *

근처 골목에서 경희와 현우를 몰래 숨어 보던 한 사람의 그림자가 길어졌다. 그 그림자 뒤로 한 사람의 발걸음 소리가 들려왔다. 그 소리에 놀란 그림자는 뒤를 돌아 도망쳤다. 그림자 뒤로 걸어왔던 승효는 자신을 스치고 지나간 그림자의 정체를 알아챘다. 최근 입소문이 나 유명해진 러키라케 주인이 아닌가. 승효는 그림자가 지켜보고 있던 쪽을 바라봤다. 아까 극장 앞에서 보았던 옆방 사람과 부잣집 도련님이었다. 승효는 작게 한숨을 쉬었다. 그래, 이 시대에 치정은 너무 뻔하디 뻔한 갈등이었다. 승효는 굳이 알고 싶지 않았다. 나라가 어떻게 되든 신경도 쓰지 않는 작자들과는 더 엮이고 싶지 않았고.

그럼에도 이웃이라면 엮일 수밖에 없었다. 건물 안, 좁은 계단에서 경희와 승효는 또 한 번 마주했다. 경희는 다행이라는 듯, 승효를 바라보며 웃었다.

"어? 이웃방에 사시는 분이시군요! 저번에 살짝 스치듯 뵈었죠. 이 계단에서요!"

승효는 경희가 자신을 명확하게 기억하고 있음에 살짝 놀랐다. 어색한 대답이 이어졌다.

"아, 예."

"저, 혹시 이 하숙집에는 비상열쇠 같은 게 있을까요? 제가 열쇠를 일하는 곳에 두고 와서요!"

승효가 묘하게 째려보는 눈빛으로 바라보자, 경희의 목소리가 살짝 작아졌다.

"아! 저는 이상한 사람은 아니고, 러키라케라는 양복점에서 일하는 재봉사인데……."

승효가 경희의 말을 잘랐다.

"문 열어드리면 돼요?"

말이 끝나기 무섭게, 승효는 경희의 방문을 고작 철사 두 개로 열어줬다.

"됐죠?"

승효는 곧장 자신의 방 안으로 들어갔다. 닫힌 승효의 방문

116

밖에서 경희만 멍하니 서 있었다. 경희는 닫힌 승효의 방문을 향해 고맙다며 외쳤다. 승효의 대답은 돌아오지 않았다.

* * *

경희는 방 안으로 들어가 초를 켰다. 어두웠던 방이 순식간에 밝아졌다. 아무래도 좁은 방이라 촛불도 힘이 셌다. 촛불을 바라보며 경희는 하루를 돌아봤다. 활동사진 속 빛나는 연인들과 멋진 의상들, 반짝 빛나는 전등처럼 반짝이는 활동사진 속 행복한 상상, 현우와 본 활동사진의 결말은 해피엔딩이었다. 동경에 함께 가자는 현우의 갑작스러운 제안에 경희는 어렴풋이 활동사진 속 연인의 모습에 자신과 현우의 모습을 비춰보았다. 결말은 해피엔딩일 수 있을까. 동경에 가는 것도 방법이 아닐까. 채령의 경우를 생각해봤을 때에도 그랬다. 채령은 동경에 유학을 갔다가 미국으로 넘어갔었다고 했다. 분명 동경에서도 미국, 아메리카로 갈 방법이 있을 터였다. 이건 정말 활동사진 속 강렬한 사건처럼 찾아온 엄청난 기회일지도 몰랐다.

잘 준비를 모두 마친 경희가 촛불을 껐다. 좁은 방은 어두워졌으나, 경희의 머릿속은 계속 반짝였다.

7. 언젠가 다시 만나

현우가 저녁에 찾아온다는 서신을 보낸 날이었다. 현우의 제안 이후로 경희는 상상을 멈출 수 없었다. 동경에 가면, 상상하지도 못했던 새로운 것들이 펼쳐질 거였다. 야학에서 만난 채령 선생님도 함께 가신다고 하니 믿음도 생겼다. 채령에게 넌지시 건넨 고민에 채령은 여유롭게 웃었다.

"좋지. 어디든 가고 싶은 순간엔 주저하지 말고 가야지. 그곳엔 나도 있으니까."

채령은 경희에게 일본어 공부를 제대로 해야 할 거라며 겁을 줬다. 경희는 일본어를 거의 할 줄 몰랐으니까. 경희가 차마 상상하지 못한 것은 금발에 청안인 진짜 미국인이 눈앞에 있는 광경이었다.

그러니까, 경희가 양복점 안으로 들어갔을 때였다. 수훈과 한 미국인이 가게 안에 있었다, 서로 정답게 영어로 이야기를 나누면서. 그러다 경희의 인기척에 대화가 뚝 하고 멈췄다.

"안녕하십니까, 사장님."

"아, 그래! 소개가 늦었구나. 제임스라고 내가 유학할 때 만

118

난 동무야. 이번에 동경 미술 대학 교수로 왔다고 하는구나."

"헬로."

진짜 처음으로 듣는 미국인의 '헬로'였다. 진짜 헬로. 채령의 말처럼 대화해야지 싶어, 잔뜩 긴장한 채로 답했다.

"헬로! 아임 경희 리!"

잔뜩 긴장한 목소리로 말한 경희의 대답에 제임스는 허허 웃고 말했다.

"씨 유 순!"

짧은 인사를 남기고 제임스는 수훈과 함께 양복점을 나갔다. 제임스가 떠난 자리엔 상자 하나만 남아 있었다. 뚜껑이 열린 채로. 그 안에는 자줏빛의 벨벳 원단이 담겨 있었다. 홀린 듯 상자에 다가가 원단을 만져본 경희는 부드러움과 색감에 감탄할 수밖에 없었다. 느껴졌다. 이것은 분명 미국에서 온 원단일 것이다. 배웅하고 온 수훈이 돌아오자, 경희가 감탄을 쏟아냈다.

"색이 정말 곱습니다. 결 또한 거칠지 않고 따뜻하네요."

수훈이 상자를 경희 쪽으로 밀었다.

"선물이다."

"아……. 이리 비싼 것을……."

"어서 받아보거라."

경희는 설레는 표정으로 원단을 조심스럽게 꺼내 펼쳐봤다. 아래로 차르르 원단이 떨어졌다. 수훈이 살짝 침을 꼴깍 삼키고는 말했다, 원단이 올려진 원탁의 테두리를 손끝으로 계속 매만지면서.

"제임스가 2년 후에 미국으로 돌아간다고 하더구나. 그때, 나도 같이 가려 한다. 미국에서 꽤 큰 패션쇼가 있거든."

경희의 눈이 크게 떠졌다.

"패션쇼요? 아, 그럼 아주 떠나시는 겁니까?"

"그런 거지. 너도 같이 가겠니?"

"예?"

"미국에서 공부하고 싶다 하지 않았나."

"미국이요?"

경희는 현우의 제안을 떠올렸다. 동경에 가면, 그와 함께.

그 순간이었다. 수훈이 경희의 어깨를 잡고, 원래는 손님들이 옷을 살펴보는 거울 앞으로 이끌었다. 경희의 뒤에 서서 경희의 어깨를 수훈이 양손으로 꽉 잡았다. 거울에 수훈과 경희의 모습이 비쳤다. 수훈은 자상한 목소리와 미소로 말했다.

"지금 네가 입고 있는 옷, 네가 만든 옷이라 그런지 참 잘 어울리는구나. 그치? 옷도 딱 맞는 사람에게 가야 빛을 발하는 거란다."

경희는 왠지 불안한 눈빛으로 고개를 살짝 돌려 자신의 뒤에 있는 수훈과 눈을 맞췄다. 경희의 어깨를 사이에 두고 시선이 마주쳤다. 수훈은 꽤 따뜻한 눈빛이었다. 복잡했던 머리가 급격히 단순해졌다. 경희가 원하는 것은 처음부터 하나였으니 말이다.

맞아, 흔들리지 말아야지. 여태 이날을 위해 달려오지 않았나.

* * *

경성역에서 기차가 출발하는 소리가 들렸다.기차에 나란히 올라타는 남녀의 뒷모습, 현우와 채령이다. 채령이 가방 안에서 꺼낸 편지를 현우에게 건넸다. 경희가 채령을 통해 현우에게 보낸 편지였다. 경희는 직접 전달해야 한다고 생각하면서도, 흔들릴 것이 두려워 채령에게 부탁했다.

"직접 주는 게 좋을 텐데……."
"그것이 예의인 것을 알면서도, 무례를 저지르려고요. 보면 같이 가고 싶을 것 같아요."
"그럼 같이 가면 되지, 뭐가 그렇게 고민이니?"
"저는 원래 걷던 길을 끝까지 가봐야겠습니다."
"그 길의 결말이 해피-엔딩이 아니면?"
"여태 걸어온 길의 결말을 영영 못 보는 게 어쩌면 새드엔딩일 것 같아요."
"그래, 그건 네가 참으로 옳다. 이건 내가 전해줄게."

채령은 현우의 어깨를 두드리고는 담배를 꺼내 불을 붙였다. 현우는 체념한 웃음을 보이며 편지를 펼쳤다. 편지 안에는 경희의 마음이 빼곡했다.

떠나시는 날이라 들었습니다. 직접 찾아뵙고 말을 전하지 못해 죄송합니다. 제게 건네주신 마음 정말 감사했습니다. 어찌 그 마음에 보답해야 할지 아직도 모르겠습니다. 솔직히 흔들렸습니다. 도련님의 다정한 제안에 휩쓸리고 싶었습니다. 제가 오래도록 바라던 것을 뒤로 하고, 제가 하고픈 것을 뒤로 하고, 혼자 꿈을 꾼다는 건 외로우니까, 도련님과 함께하는 상상을 꽤 오래했습니다. 그래서 언젠가 오늘의 선택을 후회할지도 모릅니다. 그렇지만, 안 해볼 수는 없었습니다. 제 눈이 반짝이는 걸, 제 눈이 쫓아가는 걸, 눈앞에 두고 포기할 수는 없었으니까요. 언젠가 다시 만나 다정한 그대에게 어울리는 옷 한 벌 지어드릴 수 있을 날을 기다리겠습니다. 꼭 행복하세요.

추신. 도련님께서 주신 사진은 오래 간직하겠습니다.

정성껏 쓴 편지였다. 어쩌면 현우도 직감했을 결말이었다. 그래, 이렇게 될 수밖에 없는 인연은 아니었을까. 자신이 반짝이는 눈빛에 반했던 것처럼, 경희는 그 눈빛으로 자신의 것을 지켰다. 언젠가 다시 만날 때는 달라진 모습으로 빛나는 것을 반드시 찾아올 테니 기다려주길 바랐다. 언젠가 다시 만나면 다정한 그대가 지어준 옷 한 벌 입어볼 수 있을 터였다. 그래, 이렇게 잠시 이별하는 것이 맞는 일일 것이다. 현우가 작게 홀

122

쩍이자 채령이 살짝 등을 두드렸다.

"괜찮아?"

"당연하지! 다시 만날 건데."

채령은 살짝 붉어진 현우의 눈을 모른 척했다.

"자신 있네?"

"나도 뭔가 찾을 거거든. 보여줘야지. 달라진 나를."

"장하네."

현우가 넌지시 채령에게 물었다, 걱정 어린 목소리로.

"너는 괜찮겠어? 다시 동경에 가도?"

"끝까지 도망칠 수는 없잖아. 졸업은 해야지. 원래 나는 그런 사람인데. 들추지 말아야 할 것을 들추고. 그래서 욕을 먹고. 나는 또 그 욕에 대한 욕을 하고. 잊힐 때쯤 가서 한 번 더 지랄하는 사람이잖아."

"아휴 생각만 해도 피곤해."

"너 같은 룸펜이 모르는 세상이 있단다. 지랄해야 존재 자체를 알아주는 세상이. 바뀌지 않더라도 가 보려고. 한 번 시작한 길, 끝까지 가 봐야 결말을 알지."

채령도 언젠가 경희를 다시 볼 날을 기대했다. 다시금 지루한 귀국길에 오르더라도 미련한 모습이더라도 맘껏 부딪혀 본 모습일 수 있길. 어쩌면 동경을 택하지 않은 경희가 더 마음에 들었다. 산산히 부서지더라도 타협하지 않는 선택인 것 같아서. 그래, 그런 아이지.

채령은 동경으로 떠나기 전, 경성에서 한 잡지사의 기자 자리를 제안받았다. 말단 기자 자리이긴 했지만, 어쩌면 그 제안이라면 혼인도 미룰 수 있었고, 동경에서 배운 것들도 써먹을 수 있을 터였다. 그럼에도 그것을 택하지 않은 건, 아직 동경에서의 길을 다 끝마치지 못했기 때문이다. 뭐가 됐든 도망쳐 왔던 곳에서의 일은 그 자리에서 모두 맺음을 지어야 했다.

* * *

시간이 흘러, 양복점 '러키라케'에도 큰 변화가 찾아왔다. 원래도 길었던 경희의 머리가 더 길었고, 수훈은 더욱 바쁘게 외부로 돌아다녔다.

"다녀오마. 이번에 큰 연회가 열린다고 하니. 또 많은 모던보이, 모던걸들이 우리를 찾아오지 않겠니. 어서 새로운 옷을 준비해야겠어. 올가을에 맞는 옷으로 말이다."

"아, 넵. 선생님."

"그래, 가게 잘 보고 있고."

"아, 선생님. 그 미국에서 한다는 패션쇼 준비는 언제쯤 다시 시작하나요?"

수훈이 나가는 뒤에서 머뭇거리던 경희가 용기 내어 물었다. 나가려던 수훈이 뒤돌아 경희를 바라봤다.

"아…… . 그게, 이번 가을 연회만 끝나고 다시 준비하자꾸

나. 그때부터면 여유 있게 준비할 수 있을 거다."

수훈이 경희의 어깨를 토닥이고는 중절모를 푹 눌러쓰고 밖으로 나갔다. 수훈이 나가자, 정아가 작업실에서 나왔다. 정아의 손에는 짐이 가득 들려 있었다. 그렇다. 양복점 러키라케의 가장 큰 변화라면 이별이었다. 새침하게 경희를 스쳐 지나간 정아는 양복점 현관을 향했다.

"지금 떠나시는 겁니까?"

"응."

어떠한 말도 덧붙이지 않고 새침한 대답이었다.

"스승님께 인사도 안 하시고요?"

"할 필요가 있니, 그 사람은 너의 스승이지, 내 스승은 아니었어."

"그게 제게 하는 마지막 인사입니까?"

"바보 같이 굴지 마. 어차피 다 헤어지고 볼 일 없어질 테니까."

"…… 돌아오지 않으실 겁니까?"

"아마도? 여기서 모던보이 꼬시기는 글렀으니까."

경희는 그저 말없이 정아를 바라봤다. 미련한 계집애. 정아는 경희를 한 번 안아줄까 하다가 말았다. 헛된 기대로 남는 것보단, 다신 보고 싶지 않은 사람으로 기억에 남는 게 나았다.

"진짜 가야 할 시간이다. 바이바이."

"꼭 다시 봐요. 언니! 어머님께 안부 전해주셔요! 꼭 완쾌하시라고요."

정아는 양복점의 문을 닫고 나와 숨을 크게 쉬었다. 어쩌면 붙잡아주길 바랐을지도 몰랐다. 언젠가 다시 만난다면, 그때는 분명 더 멋지고 화려한 자신일 것이리라. 이 지긋지긋한 양복점이 아니라 더 빛나고 멋진 곳에서 있을 거라 다짐했다. 정아는 빠른 걸음으로 양복점 밖으로 나아갔다. 아무도 자신을 알아보지 못하는 곳으로 계속 걸어갔다. 이곳에 너무 오래 머문 탓이다.

이미 정아가 나간 양복점에 점순이 다급히 들어왔다. 한 손에 빵봉지를 든 채였다.

"정아 언니는?"

"방금 본가로 내려가셨다."

"아니! 벌써? 내가 이렇게 빵을 사왔거늘! 언니는 잘 갔니?"

"응. 네게도 안부 전하셨어."

경희는 넌지시 느낀 정아의 마음을 대신 전했다. 차갑게 돌아섰어도, 한참 문밖에 서 있던 뒷모습을 바라봤기에. 편히 말해주면 더 좋았을 텐데. 정아는 항상 그런 사람이었다. 항상 날이 서 있지만, 그건 오래도록 만들어 온 방패 같은 것이리라. 점순은 정아가 이미 떠났다는 말에 눈물을 잔뜩 고이고는 쓸데없이 화를 냈다.

"에잇, 야속하기는. 아이고, 무정해. 이리 말도 없이 간단 말이야!"

"너도 아쉬운 모양이구나."

"아쉽긴 뭐! 속이 시원하네!"

"……나는 아쉬운 걸."

경희의 말에 울 듯 말 듯 했던 점순이 울면서 경희에게 안겼다. 경희는 그런 점순을 안아줬다. 그러다 문득 잠잠해진 점순이 경희를 올려다보며 말했다.

"근데 나 부탁 하나 있는데……."

"뭔데?"

"나 옷 좀 지어 줄래?"

"응?"

"나 혼인한다!"

"어머 진짜?"

"응! 진짜! 한복으로 예쁘게!!"

경희와 점순은 다시 얼싸안고, 소리를 질렀다. 그리고 그 혼인이라는 말은 점순도 양복점을 떠난다는 의미였다.

점순이 짐을 챙기고 가는 날, 점순은 목 놓아 울었다. 이제 사랑하는 이와 함께 하기 위해 떠나는 곳이지만, 자신의 젊음을 다 바쳤던 양복점이었으니까. 경희를 홀로 두고 가는 걸음이 살짝 무거웠다.점순은 약혼자인 민수에게 짐을 맡기고는 다시 양복점 안으로 돌아와 경희의 손을 붙잡았다.

"넌 너다운 선택을 했어. 그걸 의심하진 마."

경희는 크게 고개를 끄덕이고는 품에 안기는 점순을 꽉 안았다.

* * *

양복점 '러키라케'의 문이 잠시 닫혀 있었다. 점순의 혼례식 때문에 경희가 자리를 비운 탓이었다. 평소보단 화려한 양장을 입은 경희가 늦은 오후에 양복점 '러키라케'의 문을 열었다.

딸깍-.

양복점 안엔 아무도 없었다. 경희는 이해할 수 없었다. 당연히 수훈이 양복점에 있을 거라 생각했기 때문이다. 점순의 혼례식에 오지 못한 건, 분명 손님 예약이 있었을 거라 생각했다. 그 순간이었다. 수훈이 성큼성큼 큰 발걸음으로 양복점 안으로 들어왔다. 경희는 그래도 못내 반가운 마음에 수훈에게 밝게 물었다.

"선생님! 오늘 많이 바쁘셨습니까? 오늘 점순이의 혼례식이 있었습니다."

"만나야 할 사람이 많았다. 못 가서 미안하다고 점순이에게 전해주렴."

"아, 네. 점순이의 혼례식은 아주 잘 끝났습니다. 점순이가 엄청 좋아하더라고요. 진정으로 그 아이가 원했던 것이 아닙니까. 사랑하는 이와 따뜻한 가정을 꾸리는 것."

잔뜩 혼례식의 기억을 떠올리는 경희와는 달리, 수훈은 그닥 관심 없다는 티를 잔뜩 냈다.

"뭐 그러하지. 아, 그건 그렇고. 경희야, 우리 일에 대해 이야기 해보자구나."

"아, 예."

수훈의 반응에 경희는 급히 자신이 입고 있던 화려한 양장의 자켓을 벗어냈다. 수훈은 작업대를 휙 치우고 커다란 종이를 휘릭하고 펼쳤다. 그 안에는 가을 연회 일정과 참여하는 고위 관리의 이름이 가득했다. 경희는 이게 무슨 연유인가 싶었다.

"이제 우리들은 VIP들만 책임지는 거다. 거리를 활보하는 모던걸, 모던보이들보다 훨씬 큰 판에서 뛰는 거야."

경희의 미간이 잔뜩 좁혀졌다.

"아……. 선생님."

"왜 그러느냐?"

경희는 잔뜩 실망한 듯, 고개를 떨궜다.

"일이라 하심이 연회에 관한 것이었나요. 저는 패션쇼에 대한 것이라 생각했습니다."

경희가 작게 한숨을 쉬었다. 수훈의 앞에서 처음 있는 일이었다. 종이를 펼치던 수훈이 그 반응에 놀라 경희를 다시 다독였다.

"아, 그건 아직 시간이 남았다. 이번 연회가 성공적으로 이뤄지면 그 돈으로 우리 작품을 준비하면 되는 것이야. 우리가 옷을 만드는 것도 다 돈이 있어야 하는 것이 아니니."

쉽사리 답하지 못하는 경희의 어깨를 부여잡은 수훈이 다시
물었다.

"안 그러니?"

"네, 준비하겠습니다."

"옳지."

8. 선택

이제 양복점 '러키라케'는 완벽하게 유명해졌다. 이전에는 모던보이와 모던걸들 사이 입소문으로 유명했다면, 이제는 경성의 의상 흐름을 새롭게 이끄는 것이 그들의 역할이었다. 매번 새로운 옷을 공개하면 그 옷은 하나의 유행이 되었다. 양복점에서 나가는 옷들은 모두 경희와 수훈이 직접 만들어왔는데, 점차 일이 바빠져도 정아와 점순의 빈자리에 새로운 재봉사가 들어오진 않았다. 수훈은 매번 집에서 옷을 작업하고 있다며, 제작한 옷을 들고 왔다. 대체 어디서 저렇게 작업하고 오는지, 알 수는 없었다. 그저 경희는 작업실 안에서 홀로 재봉틀을 돌리며 물음을 삼켰다. 당장 완성해야할 옷들이 태산이었기 때문이다.

오늘도 수훈은 양복점을 비우고 소위 말하는 바깥일을 한다며 나갈 채비를 했다.

"어디…… 가십니까?"

"그저 일이 있어 간다. 내가 네게 그거 하나하나 말해줘야 하느냐?"

"아, 아닙니다."

경희의 표정이 살짝 굳어졌다. 경희는 요즘 물음을 삼키는 일이 잦았다. 그럴 때면 수훈이 지친 경희의 어깨를 살짝 잡으며 토닥였다.

"…… 이제 슬슬 패션쇼 준비를 해야겠지."

경희는 그렇게 말하는 수훈을 바라보며 말했다.

"…… 준비하겠습니다."

경희의 목소리가 이전과 달리 낮게 깔렸다. 수훈은 그런 경희에게 등을 돌리며 중절모를 푹 눌러썼다.

"그 준비에 앞서 옷 한 벌만 따로 준비하거라. 진짜 마지막이야."

수훈은 자신의 팔뚝에 묻은 실 먼지를 털어냈다.

"손님은 강희준 대감의 막내딸이야. 유서 깊은 사대부 영애지만 망한 가문이기도 하지. 일본군 눈 밖에 났으니 말이야. 이번에 일본인 군인과 혼례를 올린대. 그렇게 아끼는 딸이라더니 결국 쓸모를 찾은 것이지."

* * *

"팔을 좀 들어주시겠습니까?"

서연은 가만히 팔을 들어 올렸다. 거울을 바라보고 있는 눈빛이 공허했다. 어떠한 감정도 느껴지지 않았다. 새로운 옷을 맞추는데도 어떠한 설렘조차 느껴지지 않았다. 심지어 혼례식을 위해 만드는 옷인데 말이다. 경희는 점순의 혼례복을 지어주던 때를 겹쳐보았다. 그때의 점순은 광대가 잔뜩 올라가도록 웃었다. 발은 동동 뜨는 듯했다. 지금 눈앞의 아가씨는 무표정 속에서 잔뜩 화를 내고 있었다. 경직된 어깨가 그 증거였다. 그리고 삼켜내고 있었다. 물음을 삼키던 자신처럼. 서연의 표정을 살피며 치수를 잰 경희가 조심스레 물었다.

"치수는 됐습니다. 저 혹시 바라는 색이나 입고 싶은 옷이 있으십니까?"

서연이 잠시 경희를 물끄러미 보다가 답했다.

"제게 선택할 수 있는 게 있습니까?"

"그래도요. 이 옷은 제가 만드는 옷이고, 손님께 가장 잘 어울리는 옷을 만드는 것이 제 일인데요."

"마음대로 하십시오. 모르시는 것도 아니잖아요? 제가 이 옷을 언제 입는지?"

서연은 다 끝난 거냐며 곧장 양복점 밖으로 나갔다. 경희는 한참 서연이 나간 그 뒷모습을 바라봤다. 입는 사람이 기뻐하지 않은 옷을 만드는 일은 이렇게나 힘이 빠지는 일이구나. 경희는 수첩에 적어둔 치수만 내려다봤다. 숫자로 서연이 어떤 사람인지 정의되어 있었다. 이 숫자는 어떤 의미인가. 경희는 이 숫자들만으로 서연에게 어울릴 만한 옷을 만들 수 있었다. 그렇지만, 단순히 치수로만 옷을 만든다면, 이 옷은 어떤 의미가 있나. 모르는 것도 아니잖느냐는 서연의 말이 계속 귀에 거슬렸다. 경희는 스스로 되물었다.

진짜 모르는 거야? 모르는 척하는 거야?

* * *

서연이 떠난 뒤에, 경희는 한참 재봉틀 앞에 앉아 있기만 했다. 천에 실을 박아넣지 못한 채, 머뭇거렸다. 손이라면 누가 뭐래도 빠르디 빠른 경희가 이런 적은 처음이었다. 게다가 혼례복은 분명 만들어 본 적이 있는데, 그럼에도 어떻게 만들어야 할지 머릿속이 텅 빈 듯했다. 입길 원하지 않는 옷을 만드는 일은 이토록이나 입안이 잔뜩 까끌해진다는 것을 배우는 중이었다.

그 순간이었다. 양복점 문이 활짝 열리며 인기척이 들려왔다.

"아직 영업하시나요?"

우아한 목소리였다. 영업시간은 진작에 끝났는데, 서연이 나간 뒤로 정신이 없어 문을 닫지 않은 모양이었다. 당황해서 로비 쪽으로 나간 경희는 자신보다 한 열 살 가량 많아 보이는 여성 손님과 마주했다. 몇 주 전, 푸른색 정장을 의뢰했던 손님이었다.

"아, 영업시간은 끝났는데 제가 문을 깜빡하고 잠그지 않은 모양입니다."

"어디에 그리 정신이 팔렸기에 가게 문 닫는 것도 잊어버린 겁니까?"

손님은 농담으로 던진 말이었지만, 경희는 계속 자신이 왜 집중하지 못하고 있나를 곱씹고 있었기에 그 말이 크게 다가왔다.

"아, 저……. 그게 생각이 많아져서 그렇습니다."

경희가 머뭇거리며 대답하자, 손님은 꽤 진지한 눈빛으로 흥미롭다는 듯 경희를 바라봤다. 그 눈빛을 먼저 피한 건, 경희였다.

"아, 저번에 맡기신 옷 가져오겠습니다."

경희는 완성된 옷을 걸어두는 행거에서 옷을 꺼냈다. 이번 손님을 위한 푸른색 정장은 카라를 좁게 잡아 날카로운 인상을 살렸고, 몸에 착 붙는 느낌으로 재단한 정장이었다. 경희는 정장을 손님에게 건넸다. 손님은 고맙다며 살짝 목례하고는 거울에 옷을 비춰보았다. 만족스러운 표정까지, 경희는 뿌듯했다. 그래, 이런 마음을 위해 옷을 만들어왔지.

"정말 만족스럽네요."

"다행입니다."

"디자이너님, 생각이 많아졌다는 건, 세상의 이면을 볼 수 있게 됐다는 거지요. 기쁜 일입니다."

경희는 자신을 바라보는 손님과 눈을 맞췄다. 따스하지만 진지한 눈빛으로 바라보고 있었다. 경희는 참아왔던 질문을 했다.

"생각이 많아졌다는 게 기쁜 일인가요? 그냥 모른 척하고 사는 것도 편하지 않습니까?"

"그럼요. 맞아요. 혹시 제가 이 양장을 입고 어디에 가는지 이야기했나요?"

"음, 아뇨. 그냥 제게 강해 보이는 옷을 부탁한다고 하셨습니다."

"이 정장을 입고 저는 고소장을 제출하러 갈 거거든요. 제겐 전투복인 셈이죠."

손님이 말한 전투복이라는 말이 경희의 머릿속에 맴돌았다.

"그리고 디자이너님께서는 모르는 모양이지만, 제가 꽤 유명하거든요. 괜히 들쑤셔서 모든 일을 망쳐버리는 여자라고. 그런데 멈출 수가 없어요. 이상하죠?"

경희는 스스로 이상하다고 말하는 손님에게 어떤 대답을 해야 할지 몰라 주저했다. 손님은 그런 반응이 당연하다는 듯 말을 이었다.

"이렇게 하면 내가 쌓아놓은 것을 다 망쳐버릴 거라는 걸 설마 제가 모를까요? 그럼에도 멈출 수가 없어요. 난 내가 할 말을 해야겠거든. 생각이 그런 거예요. 멈추려 해봐도 이제 안 될 겁니다. 이미 시작된 거예요. 생각을 멈출 순 없죠."

손님은 자켓을 직접 걸쳐보았다. 경희의 머릿속에 그렸던 대로 딱 맞는 옷이었다. 손님이 입는 순간, 경희는 왜 전투복이라고 그 옷을 불렀는가를 곧바로 알 수 있었다. 옷의 완성은 입는 사람의 태도로구나.

"왜 옷을 만들게 됐어요?"

"그냥 제가 옷 만드는 것을 좋아해서요."

"아니, 계속 옷을 만드는 이유가 있을 거예요. 없을 수가 없어. 이렇게 정성스럽잖아요. 담고 싶은 말이 있는 거야. 그쵸?"

경희가 쭈뼛거리며 답하지 못하자, 손님은 그저 미소 지었다.

"너무 늦었으니 먼저 가볼게요. 그렇지만, 생각해봐요. 좋아하는 것엔 이유가 없어도, 계속하려면 이유가 필요하거든."

"아, 네, 조심히 들어가세요."

경희는 그 손님이 가고 나서야, 정아가 한동안 떠들었던 소문의 주인공이었음을 떠올렸다. 감히 입에 올리기도 민망한 소송을 진행한다고 했다. 신여성들의 롤모델의 추락이라며 말이다. 작업실로 돌아온 경희는 자신의 작업대 위에 있는 서연의 치수에 맞춰 그려진 스케치 위로, 가봉된 흰색 드레스를 내려봤다.

경희는 자신이 처음 만든 첫 번째 옷을 떠올렸다. 그건 언니의 저고리였다. 만세운동을 하다 찢겨버린 조각만 돌아온 그 저고리, 나는 무슨 옷을 만들고 싶었더라. 그런 생각에 빠지며 경희의 손놀림이 빨라졌다. 가봉된 드레스 위로 하얀 분필선이 그어졌다. 누군가에게는 다치지 않고 돌아오라는 바람을 담고, 누군가에게는 연인과 행복을 응원하고, 누군가에게는 오랜 안녕을 바라는 믿음으로 만들어온 것이 자신의 옷이었다. 그저 예쁘장한 것으로 포장된 포장지가 아니라, 마음을 담았던 옷, 가장 처음 만들었던 언니의 저고리를 계속 생각했다. 언제부터였더라. 이렇게 아무 마음도 담지 않고 만들어 대기만, 화려하게 꾸

며대기만 해왔지. 나는 어떤 옷을 만들고 싶었더라. 빨라지는 경희의 손놀림 속에 하나만은 확실해졌다. 이런 옷은 아니었다.

작업실 위에 있던 드레스의 치마 정중앙을 잘라내었다. 경희의 가위질이 지나갈 때마다 새로운 조각 조각들이 펼쳐졌다.

* * *

오매불망 기다리던 서연의 방문에 경희는 해맑게 작업실에서 나왔다.

"오셨습니까? 기다렸습니다. 하루종일!"

"예?"

"보여드리고 싶어 죽는 줄 알았어요."

경희가 잔뜩 들뜬 모습으로 나오자, 서연이 되려 어색해했다. 원래 저렇게 기운이 넘치는 사람이었나. 뭐가 저리 좋아서.

"무엇을요?"

"옷이요. 서연 아가씨 옷 말입니다. 잠시만 기다려주세요."

경희는 바퀴 달린 행거를 밀고 나왔다. 그 옷걸이에는 서연의 옷이 걸려 있었다. 서연은 경희가 갖고 온 옷을 보고 놀라지 않을 수가 없었다. 경희가 서연에게 선보인 옷은 드레스도 아니었고, 단순한 정장도 아니고, 한 마디로 제복이었디. 전체적으로 검은색의 제복이지만, 깃, 손목의 마무리는 푸른빛이 도는 한복 천으로 화려한 문양이 박혀 있었다. 서연은 멍한 표정으로 경희를 보았다.

"이건 제 옷이 아닌데요?"

"아니에요. 아가씨 옷이 맞습니다."

"드레스가 아닌데요?"

"아, 그것은!"

경희가 또 다른 옷걸이를 가져왔다. 그 옷걸이에 걸린 것은 순백색의 드레스였다. 누가 봐도 혼례식에 어울리는 옷이었다.

"그것도 준비가 되어 있죠. 아가씨께서 이 양복점을 나서실 때, 입고 싶은 옷으로 선택하세요."

"예?"

서연이 이해할 수 없다는 듯, 경희를 바라봤다. 경희는 선택하는 기회를 주고 싶었다. 누군가 정해준 옷을 입는 게 아니라, 어떤 옷을 입을지 선택할 수 있는 기회, 어쩌면 당연한 것조차 하지 못했던 저 여인에게 입히고 싶은 옷은 이런 순간 그 자체였다.

"저는 입기 싫은 옷을 만들지 않습니다. 옷의 주인은 입는 나 자신이에요. 그 누구도 인형처럼 옷을 입힐 수는 없어요. 아가씨는 인형이 아니니까요. 선택할 수 있는 순간을 드리겠습니다. 원하는 걸 고르세요."

서연은 벅차오르는 눈물을 더 이상 참지 않았다. 언제였더라 자신의 영광스러운 가문이 일제에 충성해왔던 것이. 독립운동을 했다며 감옥에 갇힌 삼촌을 모른 척하던 아버지의 뒷모습

은 이전과 달랐다. 기댈 수가 없는 공허한 뒷모습이었다. 삼촌
이 얼룩처럼 묻어버린 가문을 일으키는데 도움이 될 거라며 팔
려가는 자신 역시도 크게 다르지 않다고 생각했다. 싫다고 내
뱉어 본 적이 없었으니까. 서연은 눈앞의 경희를 와락 안았다.
그러고는 제복 정장을 들고 탈의실로 향했다. 주저 없는 선택
이었다. 서연은 그 제복을 입고 양복점 밖으로 걸어 나갔다. 제
복에 어울리는 걸음으로.

　며칠 후, 경희는 서연에 대한 소문을 들었다. 강희준 대감
댁 막내 아가씨가 만주로 갔다고. 약혼을 포기하고 도망쳤다
고. 그 소문을 듣고 나서야 경희는 잔뜩 까끌해졌던 입안이 시
원해짐을 느꼈다. 후련했다.

* * *

　한동안 자리를 비웠던 수훈이 잔뜩 신나서 양복점에 들어왔
다. 로비를 청소하던 경희가 물었다.

　"좋은 일 있으십니까?"

　"좋은 일 있지! 어서 옷을 갈아입거라!"

　"무슨 일입니까?"

　"우리도 연회 초대장을 받았다! 어서 갈 채비를 하자구나."

　"연회요?"

　"그래, 그 연회, 경성의 멋진 이들만 모인다는 바로 그곳!"

9. 연회

음악이 금지되었다고 해도 화려한 스윙 음악이 연회를 가득 채웠다. 일본 고위 관료들의 축하 연회에서는 모든 것이 가능했다. 금지된 것들이 아무것도 없는 것처럼. 조명은 무대 중앙의 댄스홀을 비췄고, 그 안에서 청춘들이 뒤섞여 춤췄다. 그들 사이로 들어와 연회장에 가장 어울리지 않는 이가 경희였다. 연회에 입고 갈 옷을 만들어달라는 이들을 그렇게 많이 만나왔어도, 경희에게는 이곳에서 벌어지는 일들이 어색했다. 뒤따라 들어온 수훈은 경희에게 자신의 팔에 팔짱을 끼라고 손짓했다. 경희가 수훈의 팔에 살짝 손을 올려뒀다.

수훈의 걸음을 따라 나란히 걷기 시작한 경희는 연회장을 둘러보며 자신이 만든 옷이 절반쯤 된다는 것을 깨달았다. 자신이 만든 옷을 입고 웃고 있는 사람들이 가득했다. 수훈의 팔 위에 올려둔 경희의 손에 힘이 들어갔다. 그건, 벅차다는 의미였다.

수훈은 그런 경희의 심정은 아는지 모르는지, 잔뜩 흥이 오른 상황이었다. 아주 오래도록 수훈이 바라온 순간이었을 것이다. 누군가의 초대로 한 정식 입장이었으니 말이다. 초대장에 적힌 자신의 이름은 자신이 있어야 할 곳이 이곳이라는 걸 알려줬다.

* * *

수훈이 미국에 갔던 일은 완전히 우연이었다. 원래는 수훈이 그 배에 오를 계획이 아니었으니까. 자신이 모시던 도련님이 미국에 간다는 말에 수훈은 기회라고 생각했다. 어차피 조선에 자신이 있어야 할 곳은 없었으니까. 그런데, 도련님이 자신이 아닌 누이를 데리고 간다는 이야기를 했을 때, 머리가 아찔해짐을 느꼈다. 그렇지만, 얼마 지나지 않아 누이의 다리가 부러지면서, 수훈이 누이 대신 미국으로 가게 됐다. 그리고 미국 땅을 밟았던 그 순간에 도망쳤다. 그 항구의 냄새를 수훈은 평생 잊지 못했다. 자신의 뒤통수에 대고 이름을 부르지도 않고 그냥 호통을 치는 누군가를 뒤로 하고 달렸다. 그 도련님은 모를 것이다, 여태껏 수훈이 도련님의 이름을 빌려 사는 줄은. 한글조차 제대로 못 배웠던 몸종에게 이름이 뭐냐는 질문에 할 수 있는 말이라고는 도련님의 이름인 수훈이었으니까. 그때부터 그냥 그게 자신의 이름이 되었다. 어쨌든 수훈이라는 이름을 가진 한 명의 인간이 되는 순간이었다. 그전까지는 그냥 몸종이었으니까.

그렇게 시작한 미국살이는 쉽지 않았다. 당연했지만. 그래도 처음엔 괜찮았다. 이곳에 자리만 잘 잡으면 새로운 인간으로 살 수 있을 것 같았다. 언어를 모르니 당장 몸으로 부딪혀서 할 수 있는 일이라면 뭐든지 했다. 아직 작은 소년이 필요한 곳이라면 어디든 달려갔다. 영어를 배웠다기보다는 흡수했다. 영어보다는 눈치가 늘었던 세월이었다. 작은 일부터 몸으로 하는 일을 하다 어느 미국인 디자이너 아래서 일을 배우기 시작했다. 그저 작은 동양인 소년이 부리기 쉽다는 이유였지만, 그곳에서 귀한 것들을 많이 봤다. 그리고 그 디자이너가 갑자기 경성으로 가게 되었다는 말을 했을 때, 수훈의 세상은 무너지는 듯했다. 어떻게 떠나온 조선이었는데, 다시 돌아간단 말이냐. 그 다자이너는 말했다. 그래도 네 나라 조선에 가서 네게 어울리는 옷을 만들어 주는 것이 가장 마지막 작업이었으면 좋겠다고 말이다.

그래, 그 디자이너는 참 수훈을 좋아했다. 그렇지만 수훈을 잘 알진 못했다. 항상 뿌리를 생각해야 한다고 말하던 금발 백인이었던 그 미국인은 수훈의 뿌리인 조선에 오자마자 죽어버렸다. 그래, 그렇게 될 일이었다. 그러니까 이 모든 일은 우연이었다.

수훈은 그렇게 십 여년 전 양복점 '러키라케'의 주인이 되었다. 그럼에도 벗을 수가 없었던 건, 자신의 스승을 잡아먹은 제자라는 이름이었으며, 조선인의 입맛을 맞추기도, 미국인의 입맞을 맞추기도 실패한 디자이너라는 사실이었다. 그래, 그게 사실이었기에 문제였다. 디자이너가 미국을 떠나라고 말한 것도 그 때문이었다. 수훈에게는 재주가 없었다. 그냥 무섭게 성실할 뿐. 그렇게 살아온 세월의 끝, 이 연회는 수훈에게 화려한 데뷔였다. 오랫동안 바라온 많은 이들의 인정과 추앙이 연회장에서 기다리고 있었으니 말이다.

* * *

수훈은 경희와 나란히 걸으며 경고했다.

"얌전히 있거라."

수훈은 인파 속을 헤집고 가서 경무부장으로 새로 부임한 야마토에게 허리를 깊이 숙여 인사했다. 이끌려온 경희도 살짝 목례했다. 그런데, 야마토가 입고 있는 옷이 이상했다. 그것을 깨달은 경희가 옆에 있는 수훈을 올려다보지만 아무 일도 없는 듯한 표정으로 야마토와 인사할 뿐이다.

"안녕하십니까, 경무부장님."

"아하, 그 디자이너! 그때 만들어준 이 옷은 인기가 아주 좋습니다. 내가 입었다고 이리 경성 사람 모두가 따라 입는 걸 보니."

경희는 순간 무슨 이야기인가 싶었다. 만들어 준 옷이라니. 한 번도 경희는 자신이 만든 옷을 잊어버린 적이 없었다. 옷을 찾으러 온 손님까지도. 그런데 이 사람은 한 번도 본 적 없는 사람, 그리고 경희가 만든 적이 없는 경희의 옷이었다. 그러니까 한 마디로 자신이 서연에게 만들어 준 디자인과 똑같은 제복 느낌의 양장이었지만, 경희는 한 번도 그 옷을 누구에게 똑같이 만들어 준 적이 없는 것이다. 그 옷은 이 세상에 한 벌 뿐이어야 했다. 그건, 서연을 위한 탈출복이었으니까.

"아닙니다. 옷보다는 경무부장님의 카리스마 때문이지요."

"제 아버지께 말씀은 잘 전해두겠습니다."

"그것을 바란 것은 아니었는데요. 전해주신다면야……. 감사할 따름이지요. 허허"

"디자이너가 대체 누구냐며 묻는 이들이 많아 몇몇에게 소개도 해두었습니다."

경희의 표정이 점차 굳어졌다. 수훈의 팔에 살짝 걸쳐 두었던 손을 거두고 지나치던 웨이터의 쟁반 위에 있던 샴페인을 단숨에 들이켰다. 숨이 턱턱 막혀왔기 때문이다. 살짝 딱 달라붙은 목걸이가 답답했다. 쓴 술이 훌쩍하고 목으로 흘러 들어가자, 경희의 머리가 핑하고 돌았다.

"경무부장님! 사과드릴 것이 있습니다."

수훈의 낯빛이 당황스러운 기색으로 물들어갔다. 야마토는 나름 흥미로운 눈빛이었다. 일본어도 아니고 조선말로 저리 당차게 말하다니. 듣는 이가 알아듣든지 말든지 싶은 모양이었다. 딱 그녀와 닮은 기세였다. 야마토가 채령을 떠올릴 때쯤, 수훈이 경희의 팔을 붙잡으며 말렸다.

"경희야!"

그렇지만, 경희는 멈출 생각이 없었다. 곧장 야마토에게 다가선 경희는 작은 가방 안에 있던 쪽가위를 꺼냈다. 오른손에 들린 쪽가위는 원피스를 입은 경희와는 정말 어울리지 않았다. 야마토의 목 쪽을 향하는 쪽가위에 야마토 주위에 있던 모두가 경악했다. 설마 살해위협인가 싶어 경호원들이 달려들었다. 야마토가 살짝 웅크리며 경희를 밀어내려는데, 경희는 주저하지 않고 야마토의 목 쪽에 달려있던 단추를 잘라냈다. 툭 하고 단추가 바닥으로 떨어졌다. 그 단추가 뜯어지자, 살짝 맞지 않아 보이던 선이 가다듬어졌다. 카라에 달려있던 단추의 위치가 정확한 곳이 아니라, 미세하지만 삐뚤어져 있었다. 수훈마저도 눈치채지 못한 아주 미세한 1mm였다. 쪽가위를 다시 가방 안에 넣은 경희가 말했다.

"단추가 잘못 달렸습니다. 다시 저희 양복점에 찾아주십시오. 이번에는 제대로 맞춰드리죠. 그럼 안녕히 계세요."

수훈의 얼굴이 붉어졌고, 야마토는 바닥에 떨어진 단추를 보며 낄낄 웃었다. 자신이 살짝 겁먹었다는 사실을 숨기려고 말이다. 야마토는 떨리는 손을 숨기며 수훈의 등을 툭툭 쳤다.

"당신의 애인이 굉장히 과격하군. 아주 위험하고 불온해보이기도 해."

146

* * *

당황한 표정의 두 남자를 뒤로 하고 연회장 밖으로 나온 경희는 구두를 신고 급하게 걸었다. 그러다 점차 발뒤꿈치가 까져 피가 났다. 자신의 구두가 아니라 정아가 남기고 간 구두를 신은 탓이었다. 맞지 않는 구두에 어울리지 않는 옷이었다. 그 연회장 안에서 경희가 만들어낸 옷은 환영받기에 충분했지만, 경희 자신은 존재하지 않았음을 눈앞에서 깨달았다. 경희는 품이 맞지 않는 구두를 벗어 두 손에 들었다. 그리고 계속 경성의 밤거리를 걸었다. 미루고 있던 선택을 해야 할 때였다. 정아가 이따금 경희에게 경고를 해왔던 일, 그리고 경희 역시 알고 있었던 일이었다.

그래도 기대했었다. 비 오던 날, 고아가 된 경희에게 따뜻한 겉옷을 줬던 청년을 믿고 싶었으니까. 이미 그 청년은 사라진 지 오래였음에도 그래도, 한 번만 더, 이번만 더 믿어보자 하고 이어온 십여 년이었다. 그 순간이었다. 경희의 팔뚝을 잡아채는 건, 수훈이었다. 잔뜩 화가 나 씩씩거리고 있었다.

"지금 이게 뭐 하는 짓이야!"

아직 화려한 경성 거리에 수훈의 목소리가 울려 퍼지자, 사람들 몇몇이 그들을 바라봤다. 수훈에게 지금 체면은 중요하지 않았다. 경희는 수훈이 붙잡은 팔을 빼냈다. 붙잡혔던 자국이 피부에 붉게 남았다.

"왜요? 제가 틀린 말을 했습니까? 디자이너의 실수로 치수가 맞지 않는 옷을 입은 손님께 저희의 실수를 인정한 것뿐입니다!"

"대체 이게 뭐 하는 거냐고! 네게는 이게 한낱 놀이 같아 보여? 이 경성에서 디자이너 김수훈이라는 이름 석 자를 알리기 위해 내가 어떻게 살았는지 알아?"

"술을 사시고, 웃음을 파셨죠. 달콤한 말을 하고. 제가 매일 밤새우며 옷을 만들 동안!"

말이 끝나기도 전에 경희의 뺨이 크게 돌아갔다. 경희의 귓전이 웅웅거렸다. 귀를 제대로 맞은 탓이었다. 귀는 얼얼했지만, 그 언제보다도 머릿속은 맑아지고 있었다. 웅웅거리는 소리는 경고음과 같았다. 도망치라는 의미였다.

"정신 차려! 넌 내가 비 오는 날 그대로 두었으면 거리에서 얼어 죽었을 고아였어. 벌써 잊어버린 거야? 겨우 조금 빛나는 재주를 갈고 닦아서 이 정도까지 올려놓은 것도 나야!"

경희는 주먹을 꽉 쥐었다.

"그래서 참았죠. 꽉 눌러 참았습니다. 제 이름이 아닌 스승님의 이름이 앞에 있어도 좋았습니다. 어쨌든 제 것이었으니까요. 저는 아니까. 근데 지금은 모르겠습니다. 저는 대체 어디에 있습니까!"

"너는 여기에 있지. 내 옆에! 적당히 예쁘장한 파트너로!"

"방금 그 옷은 제가 만든 옷이 아니었습니다. 대체 무슨 일

148

을 하고 계십니까!"

수훈은 숨기고 있던 것이 들킨 듯, 경희의 어깨를 붙잡은 손에 힘을 풀었다.

"그건 말이다."

"다른 곳에서 만들어오신 겁니까? 대체 정말 예술인으로서의, 장인으로서의……."

흥분에 사로잡혀 쏟아내는 경희의 말을 끊으며 수훈이 헛웃음을 쳤다.

"예술? 장인? 그 예술도 돈이 있어야 하는 것이다! 돈! 돈! 돈! 내가 미국에 가려고 내 누이의 다리를 부러뜨렸어. 내가 양복점을 갖기 위해 날 살려준 미국인의 목을 졸랐어. 내가 살아야 하니까."

경희는 등골이 서늘했다. 마주 보는 수훈의 얼굴이 자신이 알고 있던 수훈이 아니었다. 분명, 아는 사람인데, 오랫동안 봐온 사람이었는데, 아니었다. 전혀 모르는 사람처럼 얼굴이 뭉개지고 있었다.

"예술? 그건 너나 하거라. 진짜 역겹게도 너는 재주가 있으니까."

"…… 최악이네요."

"이제야 알았니? 미국에서 하는 패션쇼? 그걸 너랑 어찌 같이 가니? 그 나라는 우리를 생각해주지도 않아! 말해줄까? 다 거짓이었다. 내가 네 두손 두발을 그대로 둔 건, 네가 쓸모가 있기 때문이었어."

경희는 눈물을 뚝뚝 흘렸다. 그럼에도 고개는 떨구지 않았다. 아니, 떨굴 수가 없었다. 마주보는 수훈이 자꾸 다른 사람처럼 보여서, 눈을 돌리면 마주하고 있는 이가 사라질 것만 같았다.

"믿었습니다. 적어도 제가 처음 봤던 스승님은 이런 분이 아니셨으니까."

"대체 언제 적 얘기를 하느냐! 그래, 네가 옷을 만들고 싶댔지. 다른 곳에서 네 자리가 있을 것 같으냐? 너처럼 하는 애들은 경성에 널렸다!"

수훈이 핏대를 올리며 고함쳤다.

"이봐! 다른 사람들은 네가 만든 옷인지 널 따라 하는 애가 만든 것인지 구별하지도 못한다. 네가 갈 곳이 있는 애냔 말이야! 부모 형제도 없이, 감히! 아무것도 없는 주제에……!"

수훈이 경희의 손목을 부여잡고 끌어당기자, 경희는 수훈의 손을 물었다. 수훈이 '악' 소리를 지르며 손을 빼냈다.

"넌 날 못 떠나. 널 여기까지 끌고 온 건 바로 나니까! 어서! 다시 가서 사과드려라! 술김에 정신이 나갔었다고. 머리를 조아리란 말이야."

"선영 이모가 지켜준 손이라지요. 은인을 정 없이 내쫓았다지요. 저도 이 바닥에서 십여 년입니다. 설마 제가 아무것도 몰랐을까요?"

경희의 눈에서 눈물이 뚝 떨어졌다. 뭔가를 다짐한 듯, 숨을 고르던 경희가 수훈의 인중에 주먹을 날렸다. 언젠가 선영이 말해줬던 것처럼 아주 세게. 수훈이 저릿한 아픔에 양손으로 코를 부여잡자, 경희는 맨발로 달렸다. 계속 앞으로만 경희는 달렸다.

* * *

그 옆 골목에서는 승효가 한 사내와 서로 총을 겨누고 있었다. 승효는 자신과 마주하고 있는 이의 얼굴을 바라보며 무너졌다. 옛 동지였다. 언젠가 부모를 잃은 자신을 품에 한 번 꽉 안아주었던 이였다. 다 알고 있었지만, 그래도 승효는 혹시나 기대했었다. 같은 동지였으니까. 자신에게 따뜻한 품을 나눠주던 청년이었으니까. 이미 그 청년은 사라진 지 오래였는데 말이다. 매일 밤낮으로 같이 독립을 말하던, 눈빛이 반짝이던 청년으로 돌아오리라고. 이미 지나가 버린 과거였음에도 그 믿음을 순진하게 간직했던 이유는 하나였다. 믿지 않을 수 없었기 때문이다. 기대하지 않으면, 반짝이는 꿈을 꾸지 않으면, 내일을 맞이할 힘이 없었으니까. 그래서 믿었지만, 그 결말은 겨우 이런 것이었다. 서로에게 겨눈 총이 격발되고 사내와 승효가 같이 쓰러졌다. 경성의 서늘한 봄밤이었다.

10. 탈출

경희는 흙바닥에 맨발이 다 까져 피가 맺힌 발로 양복점 '러키라케' 앞에 섰다. 앞으로 달리고 달려서 온 곳이 겨우 여기였다. 너무 오래 머물렀던 곳이라 떠날 엄두조차 나지 않았다. 이미 너무 많이 울어 눈물도 나지 않았다. 그냥 모든 것이 멈춘 듯했다. 작은 가방 속에 있던 양복점 열쇠를 넣고 잠금장치가 풀리는 소리가 들리지만, 경희는 선뜻 들어가지 못했다. 겨우 도망쳐 온 곳이 이곳이라면, 어떻게 살아야 할까. 어디로 가야 할까. 머리가 자꾸 빙빙 돌았다. 아까 마신 샴페인 때문인지, 무엇 때문인지 명확히 알 수는 없었다.

탁, 탁, 탁.

그 순간이었다. 누군가 경희를 향해 달려오고 있었다. 그 소리에 놀라 뒤돌아본 경희의 입을 손으로 막은 건, 승효였다. 경희의 눈빛이 의아하게 바뀌었다. 숨을 거칠게 몰아쉰 승효가 말했다.

"나 좀 도와주시오!"

순사들의 목소리가 넌지시 들려왔다.

"이 근방이야! 총을 맞았으니 멀리 가지 못했을 거다!"

일본어를 하지 못해도, 알아들을 수는 있었다. 경희는 곧바로 양복점 문을 열어 승효를 안으로 들였다. 어두운 양복점 안에 경희가 몇몇 불을 켜니 환해졌다. 승효는 깜짝 놀랐다.

"뭐 하는 거예요. 당장 불 꺼요."

"지금 불을 켜고 있지 않은 게 저 사람들에게는 이상히 보일 겁니다. 매일 밤, 이 시간에 이곳은 이 정도의 불은 켜고 있거든요."

살짝 환해지자, 승효의 모습이 명확히 보였다. 검은 판초 아래로 입고 있던 흰색 셔츠의 오른 팔뚝이 붉게 물들어 있었다. 경희가 놀라 다가왔다.

"괜찮아요?"

승효는 말없이 고개를 끄덕였다. 승효가 왼손으로 다친 오른팔을 부여잡고 있지만, 손끝에서 피가 떨어졌다. 경희는 그것을 보고 승효를 작업실 안쪽으로 끌어당겼다.

"이리 오세요."

경희가 작업실 안에 기름 등불을 켜자, 승효가 그를 불안하게 봤다. 승효가 그렇게 보든 말든 경희는 얼른 판초를 벗으라며 재촉했다.

"얼른요."

승효가 됐다며 고개를 저었다. 더 이상의 신세는 민폐였다. 괜히 휩쓸리게 할 수도 있고, 그리고 이 앞에 있는 사람을 믿을 수 없었으니까. 그냥 둘러댔다. 평소처럼.

"남녀가 유별한데요?"

"그쪽 여자잖아요."

승효가 놀란 눈으로 바라봤다. 경희가 살짝 웃으며 답했다.

"하숙집 주인 할머니한테 들었어요."

승효는 안도하면서도 절대 말하지 말라고 당부했었는데, 그를 지켜주지 않은 주인 할머니가 미워졌다. 승효가 안도의 숨을 쉬자, 경희는 살짝 웃었다. 사실, 승효가 여자라는 걸 알아챘을 때는 좀더 이전의 일이었다. 그들이 처음 만났던 그 좁은 계단에서 급히 내려가다 승효와 마주쳤을 때였다. 승효가 몸을 트는 방향이 본능적으로 가슴을 벽 쪽으로 향하는 방향이어서 직감적으로 눈치챘다. 그 사실을 숨기고 있다는 건, 지금 알았지만. 사람의 신체를 관찰하는 게 일상의 전부였던 경희의 눈에는 훤히 보이는 거짓말이었다.

"아마도 제 또래일 거고. 어쩌면 저보다 어리려나. 나이가?"

"됐습니다."

혹시라도 자신이 더 어릴까 승효는 말을 돌렸다. 대신 서둘러 입고 있던 검은 판초를 벗었다. 그 안에는 영사 보조로 일할 때 입는 흰색 셔츠와 멜빵바지를 입고 있었다. 깔끔하긴 하지만 오래 입어 잔뜩 바랜 옷이었다. 경희는 주저없이 승효의 오른팔 셔츠 부분을 가위로 잘라냈다. 피가 묻고 총탄에 탄 흔적이 있는 셔츠 조각은 버려지는 옷감들 사이에 섞였다. 승효는

154

잘라낸 셔츠를 보며 아까워했다.

"아, 하나 밖에 없는 거였는데……."

경희는 승효의 말을 무시하고, 상처에 물을 부었다. 승효는 소리를 참아냈다. 경희는 흰 광목천으로 상처를 닦은 후에, 붕대를 감아줬다. 상처에 압력이 가해질 때마다 승효가 작게 앓는 소리를 냈다.

"아프다고 하면 멈춰야 하지 않아요?"

"참으셔야죠."

그런데, 갑자기 경희가 상처에 바느질을 하려고 하는 듯, 바늘과 실을 가져오자, 승효가 막아섰다.

"잠깐만요. 이거 진짜 괜찮은 거예요?"

떨고 있는 승효에게 경희가 장난치듯 답했다.

"아, 제가 피부에는 처음 해보지만, 천에는 십 년 넘게 해온 일입니다."

승효가 머뭇거리며 상체를 뒤로 했다.

"아, 못 믿겠어요."

"그럼 이렇게 벌어진 채로 둬요?"

"아, 못 믿겠는데……."

"그럼 살짝만?"

"살려줘요. 그만! 여기까지. 붕대면 충분합니다."

경희가 웃으며 말했다.

"사실 할 생각도 없었어요! 제가 바느질 하려고 한 건, 여기

피부가 아니라 셔츠라고요. 살려볼까 했는데, 살리는 것보단 새 셔츠가 낫겠네요. 어차피 품이 맞지 않는 셔츠였거든요. 새로 치수를 맞춰 장만하시는 게 더 태가 날 거예요."

승효는 한숨을 쉬며 답했다.

"극장 영사 보조가 무슨 돈이 있겠습니까. 그럴 만한 돈이 없죠. 다 사치품이지. 솔직히 이런 거 다 돈벌이잖아요. 이 시대의 사치에요."

승효가 말하는 돈벌이라는 말이 유독 오늘의 경희에게는 크게 와닿아서 마음이 저릿했다.

"그래도 옷이라는 게 그리 단순하지 않습니다. 누군가에는 축복이고, 누군가에게는 살아남는 방법이고, 누군가에게는 전투복이고, 누군가에게는 자유입니다. 그리고 맞아요. 누군가에게는 돈벌이죠."

승효는 가까이서 경희의 얼굴을 보고 나서야, 경희가 잔뜩 울고 왔다는 것을 깨달았다.

"아, 내 말은 그게……. 미안합니다. 대놓고 할 말은 아니었는데……."

승효는 말을 고르다, 그냥 재봉사에게 하기에 가장 편한 질문을 던졌다.

"그럼 내게는 무슨 옷이 어울리겠습니까?"

고민에 빠졌던 경희가 생각이 났는지, 작업실 한편에서 새로운 셔츠를 신나서 갖고 나왔다. 승효는 물끄러미 그런 경희를

보고 셔츠를 받아 들었다. 새것 냄새가 물씬 났다. 귀한 옷이었
다.

"그거 아시죠? 양복점에 금방이라도 죽음이 당연한 것 같은
표정을 한 사람들이 찾아올 때가 있어요."

의열단원들 중에 모던보이가 많다는 건, 꽤 잘 알려진 사실
이었다. 특히나 중요한 임무를 맡고 나면 가장 멋진 양장을 입
는다고 했다. 멋들어진 양장은 그들에게 수의가 되어주었다.
경희는 종종 양복점에서 그들일지도 모를 손님들을 만나왔다.

"저는 그들을 보며 넌지시 생각했어요. 그들의 삶이 멈추지
않았으면 좋겠다. 그런 마음으로 옷을 지어드리곤 했죠. 옷이
별거 아닌 것 같지만, 그것 자체만으로도 의미가 되기도 해요.
당신에게는 이 옷이 방패막이가 되면 좋겠네요. 죽음을 각오하
더라도 살아남는 게 제일 중요하니까요. 어쩌면 당신에게 잘
어울릴 옷은 이런 방패막이가 아니라 당신이 숨기고 있는 비밀
을 언젠가 당당히 밝힐 수 있는 옷이겠지만."

승효는 셔츠를 입고 거울을 보았다. 정말 오랜만에 새 옷이
었다. 그것만으로도 등이 쫙 펴지는 기분이었다. 누군가 등을
두드려주는 기분, 이런 것을 의미하는 건가 싶었다. 경희가 만
족스러운 미소를 지었다.

"솔직히 이 시대에 화려한 옷을 걸치고, 겉만 번지르르하게
깔끔하게 꾸민다는 게 무슨 의미가 있나 싶었어요. 이런 걸 하
면 안 되는 시대라고요. 그렇지만, 누군가에게 그것이 축복이

거나 생존법이거나, 전투복이 되고, 자유 그 자체가 된다면, 감사히 받겠습니다. 언젠가 오겠죠. 내가 숨기고 있는 비밀을 밝혀도 무탈한 그날이."

"저는 이미 당신에게 큰 빚을 지고 있으니, 찾아오셔요. 옷, 맞춰드리겠습니다. 멋있고 예쁘게. 셔츠 말고도 자켓에 피도 많이 묻고, 천도 많이 상했습니다. 수선해서 드릴까요?"

승효가 고개를 저었다.

"오지랖입니다. 됐어요."

"이건 친절이라고 하는 것입니다."

"날 왜 도와줬습니까?"

"이유가 필요합니까? 피 흘리는 사람이 와서 도와달라는데."

"순사들이 날 쫓고 있었어요. 내가 사람을 죽인 사람이었다면…… 위험하잖아요."

"사람을 죽인 사람이 도와 달라 부탁하지는 않죠. 대부분 겁박하시. 그리고 알 것 같았어요. 말했잖아요. 당장 죽어도 된다는 눈빛을 가진 사내들의 옷을 몇 벌 지어줬다고."

"당신도 조국의 독립을 염원하는 것이지요."

"오늘 밤, 제가 가장 먼저 독립하고 싶은 곳은 이곳이네요."

경희는 작업실 곳곳을 살펴봤다. 작은 것 하나하나에 자신의 손길이 가득했다. 자신이 갈고 닦아온 곳이었다. 그래서 더 놓치기 아까웠다. 두고 갈 수가 없었다. 정말 수훈의 말 그대로 경성에 이곳이 없다면, 경희는 존재할 곳이 없었다. 이곳이 전부였으니까. 승효는 이해할 수 없다는 듯, 고개를 갸웃했다.

"그거야, 나가면 되질 않습니까? 이건 조국 독립과 비교할 수 없을 만큼 쉬워요. 이건 내 의지만으로 되는 일이니까."

"제가 이곳을 나서면 저는 무엇이 될까요?"

"…… 당신은 무엇이 되고 싶은데요?"

"전 디자이너가 되고 싶죠. 언젠가 미국에서 패션쇼도 하고, 제 이름을 내건 양복점도 차리고……."

"하면 되겠네요."

"…… 그리 쉬운 것이 아니에요. 전 가진 것도 없고, 명성도 돈도 제가 노력해온 것들 중에서 남은 게 없다고요."

"무언가를 이루는데 내 위치가, 내가 있는 곳이 그리 중요합니까? 당신이 있는 곳을, 당신이 무언가가 될 수 있는 곳으로 만들어요. 막연한 것을 바라는 것, 그것은 나와 같네요. 난 독립을 될 수 있는 일로 만들 거거든요."

양복점에 있던 시계를 본 승효는 다급하게 일어섰다.

"가야 합니다. 오늘 일은 비밀로 해줄 거라 믿습니다."

"자켓은……."

"수선 안 해도 괜찮습니다. 당장 버리세요. 여기에 뒀다가 괜히 오해받으면 큰일 납니다. 이미 빚은 너무 많이 졌어요."

"…… 몸조심하세요."

양복점을 나가려던 승효는 자신의 구두를 벗어 경희에게 건넸다. 아까 전부터 경희의 맨발에서 피 나는 것을 보고 있던 터였다.

"물물교환 합시다. 저는 새 셔츠를 받아가고, 그쪽은 제 구두를 가져가고. 좋은 거래네요."

옅은 미소를 지은 승효가 곧장 밖으로 나갔다. 양말만 신고서 경성의 흙바닥을 내달렸다. 오히려 구둣발 소리 없이 조용한 뜀박질이었다. 홀로 남은 가게 안에서 경희는 멍하니 승효가 나간 문을 바라봤다. 뒤조차 돌아보지도 않고 나가는 깔끔한 인사였다. 남겨진 찢겨지고 피 묻은 셔츠를 보며, 경희 역시 나가야 함을 깨달았다. 자신이 만들었던 옷들이 모두 이 양복점을 떠나 새로운 주인들을 찾아갔던 것처럼, 이제 자신이 떠날 차례였다.

경희는 마지막으로 작업실의 먼지를 털어내고, 양복점 로비를 깔끔하게 청소했다. 말끔해진 양복점 안을 바라보며 승효의 구두를 신었다. 이제는 머물러서는 안 됐다. 해가 슬슬 떠오르던 새벽, 경희는 양복점 '러키라케'의 열쇠를 카운터 위에 두고 밖으로 나갔다.

뚜벅, 뚜벅, 뚜벅.

구둣발 소리가 이제 아침을 시작하는 사람들 사이로 울려 퍼졌다.

굳빠이, 나의 행운.

2부

1. 다시 귀국

1934년 늦봄, 관부연락선.

단발머리였던 채령이 이제는 어깨 아래로 내려오는 긴 머리를 하고 관부연락선 갑판 위에 서 있었다. 다시 동경으로 돌아갈 일은 없을 것이란 확신을 안고서 말이다. 마침내 다시 돌아온 고국이었다. 여전히 변하지 않은 파도 소리와 함께 많은 것들이 파도가 치는 대로 깎여나갔지만, 강한 파도에 깎여 결국 날카로워진 건, 채령 본인이었다. 바뀐 것 하나 없고 완성해낸 것 하나 없지만, 뭔가를 바꿀 수 있다는 믿음으로 고대하던 귀국이었다.

찰-칵.

카메라의 셔터소리였다. 채령은 뒤를 돌아, 아주 오랜만에 본 동무에게 미소 지었다. 동경에 잠시 머물다 미국으로 유학 길에 올랐던 현우였다. 같이 출발했지만, 도착지는 달랐던 터라 이들 역시 몇 년 만의 재회였다.

"어때? 비싼 카메라야."

"보통 이럴 땐, 잘 지냈냐고 물어야 하는 거 아냐? 아니면

달라진 내 모습을 짚어내던가."

"그런 건 보면 알지만, 카메라가 비싼 건 내가 말하지 않으면 모를 거잖아."

채령은 어이없어 웃었다. 카메라 끈을 몸통에 가로지르듯 맨 현우가 채령의 옆에 섰다. 멀리 항구가 보이기 시작했다. 채령이 현우에게 물었다.

"어때? 돌아온 기분이?"

"그건 너나 나나 마찬가지잖아."

"그래도 넌 나보다 더 멀리 다녀왔잖아. 그래서 뭐 좀 찾았어?"

"응, 그저 뭣 모르고 떠났던 그때랑은 다르지. 이제는 내가 무엇을 해야 할지, 하고 싶은지 알고 있다고."

현우가 다시 카메라를 들어 가까워지는 부산항의 모습을 찍었다. 나란히 선 채령이 현우에게 물었다.

"경성으로 갈 거지?"

"당연하지."

"어쩌면 미국으로 갔을 수도 있어."

"그랬다면, 다시 찾으러 가야지."

현우는 서둘러 경성에 가야겠다는 생각이 들었다. 이제는 당당히 말할 수 있을 것 같았다. 무엇을 찍고 싶냐는 말에, 글쎄요라며 말을 돌리기보다, 반짝이는 것을 찍고 싶다고 말할 수 있을 것 같았다. 그녀의 안부가 궁금했다. 여전히 그곳에서 어떤 옷이 필요하냐며 묻고 있을지, 궁금했다.

경성역에 나란히 도착한 현우와 채령은 가벼운 포옹으로 작별의 인사를 표했다. 현우는 양복점 '러키라케'로, 채령은 경희와의 다정한 만남을 응원한다며 순이가 마련해뒀다는 사무실로 향했다.

* * *

"없어졌어."

그날 저녁, 현우가 갑자기 사무실로 쳐들어올 거라고 채령은 예상하지도 못했다. 설레는 마음으로 양복점 '러키라케'의 문앞에 섰던 현우는 그 안에 경희의 흔적이 아예 없을 거라고 생각하지 못했다.

"그게 무슨 말이야?"

"없어졌다고. 어디로 갔는지 아무도 모른다는 거야."

"미국에 간 것은 아니래?"

"아니, 한 번도 그 양복점을 벗어난 적이 없다더라. 결국 못 갔던 모양이야."

현우가 잔뜩 기가 죽어 말했다. 경성에서 아무도 경희가 어디로 갔는지 알지 못한다고 했다. 불과 한 달 사이에 흔적 없이 사라졌다는 것이었다. 경희에 대해 수소문 하던 현우가 알게 된 건, 한 달 전에 있었던 경무부장의 생일 연회에서 본 것이 마지막이라는 사실뿐이었다. 채령이 짧게 아쉬운 소리를 냈다. 아마도 그 아이는 결말까지 완벽히 본 모양이었다. 채령이 걱정 어린 목소리도 또 한 번 물었다.

"하숙집은? 가 봤어?"

"가 봤지. 이사했대. 이럴 수가 있나. 아무도 모른다는 게."

"침착해. 이사했다는 건, 스스로 짐을 빼고 사라졌다는 거야. 억지로 찾지 마. 지금 사라지고 싶은가 보지."

"그게 말이 돼?"

"어찌 됐든, 몇 년 동안 곁에 없었던 우리가 함부로 판단할 일은 아니란 거야."

채령이 기가 죽은 현우의 어깨를 두드렸다.

"기다려, 분명 다시 만날 테니까."

채령은 왠지 속상한 기분이 들었다. 그때 더 끌어당겼어야 했나. 그저 그렇게 두고 떠나서는 안 됐나 싶었다.

2. 좁은 방

　한 달 전, 경희가 이사한 곳은 옆방이었던 승효가 사는 방이었다. 일을 그만둔 후, 경희는 밀린 방세에 밀려 승효의 방문을 두드렸다. 승효는 놀란 눈으로 경희를 바라봤고, 경희는 머쓱하게 물었다.

　"혹시 몇 달만 신세를 져도 될까요? 제가 월세의 절반 내겠습니다."

　"예?"

　"그게, 제가 그곳을 나오긴 했지만, 밀린 급여를 받지는 못해서요."

　경희가 놓친 것은 아주 현실적인 문제였다. 이전까지 경희는 생활의 부족함을 느끼지 못했다. 양복점과 하숙방을 오가며 사는 삶 외에 다른 사치는 없었다. 수훈에게 방세가 필요할 때면 그만큼의 급여를 받았고, 쌓여있는 급여는 수훈이 알아서 관리해준다고 말했었다. 돌이켜 생각해보니, 그 돈을 찾을 길이 없어진 터였다. 경희는 승효에게 자신의 사정을 말하면서도 이렇게 바보 같을 수 있지 싶어 자신을 돌아봤다. 게다가 자신이 도움을 요청할 이가 잘 알지 못하는 이웃방 사람일 줄이야. 그럼에도 어쩔 수가 없었다. 경성의 어떤 양복점도 경희와 함께 일하고 싶어 하지 않았으니까. 승효는 별 말 없이 문을 열어 줬다.

"빚 갚는 거니까 편히 계세요."

* * *

똑! 똑! 똑!

승효가 영사보조로 일하러 가면 경희도 함께 밖으로 나가서 문을 두드렸다. 새로운 양복점에서 일할 수 있는 기회를 잡기 위해 경성에 있는 양복점이란 양복점을 모두 찾아갔다.

"무슨 일이시오?"

"아! 재봉사를 구하신다는 전단을 보고요!"

"아! 지금 한창이지! 근데 성함이 어떻게 되시오?"

"이경희라고 합니다!"

직전까지 살갑던 양복점 사장의 표정이 차갑게 굳었다.

"아, 가보시오. 뽑을 생각이 없소."

문이 쾅 닫히는 경험을 여러 번 하고 나니, 그제야 경희는 수훈이 한 말의 의미를 알 것 같았다. 경성에 자신과 같은 사람은 널려 있다고. 네가 이곳을 벗어나면 아무것도 못 할 것이라고 말이다. 어떤 이들은 돌아가서 용서를 구하라고 했고, 어떤 이들은 은혜를 잊으면 안 된다고 했으며, 어떤 이들은 검은 머리 짐승은 거두는 것이 아니라고 했다. 대체 무슨 소문이 돌고 있는 것인지 알 수는 없었지만, 하나는 확실해졌다. 지금 경성에서는 경희가 일할 곳이 없다는 것. 경희는 금방이라도 땅이 꺼질 듯했다. 발 딛을 곳이 하나도 없다는 것이 이런 건가 싶었다. 아무도 자신을 원하지 않았다.

한 마디로 실업의 굴레에 빠져 버린 경희는 좁은 방 안에 갇혔다. 퇴근하고 돌아온 승효는 점점 침울해지는 경희의 모습을 보며 슬슬 눈치를 보았다.

"이 경성 바닥에 그놈 입김이 워낙 세니……. 그냥 이름이라도 속이면 어때요? 그 사람들이 경희씨 얼굴까지는 모르니까."

경희도 생각해본 적이 있는 방법이었다. 자신의 정체를 숨기는 일 말이다. 한 번이라도 같이 일하고 나면 자신의 정체를 알게 되더라도 함께 일할 생각을 해주지 않을까 싶어서. 그렇지만, 그 생각은 금방 단념했다.

"글쎄요. 제가 누구인지까지 속여야 한다면……. 제가 그곳을 나온 이유가 없는 것 같아서요. 제 이름을 또 숨기고 싶진 않아요."

성별도 숨기고 진심도 숨겨가며 영사실에 쥐죽은 듯 숨어 있던 승효는 경희가 말하는 그 의미를 알 것 같았다. 그렇게 해도 다 괜찮을 대의라지만, 쉽게 이뤄지지 않을 목표를 향해 달리기만 하는 건 불안 그 자체였다. 그 길 위에 자신은 없었으니까. 승효가 경희를 끌어당겼다.

"그러고 있을 거면, 같이 나가죠."

"어디로요?"

"제가 일하는 곳이요."

승효의 손에 이끌려 도착한 극장 앞에서 승효는 정문이 아니라 뒷문을 택했다. 경희는 마치 임무를 수행하듯 몰래 들어가야 하는 순간에 심장이 쫄깃해졌다. 두 사람이 조용히 극장 뒤편 숨겨진 통로를 이동할 때였다. 그 순간, 승효의 동료가 하품하며 통로 쪽으로 다가왔다. 승효는 경희를 자신의 등 뒤이자, 동료의 시선에서는 보이지 않을 사각지대에 숨겼다. 승효는 동료에게 가볍게 인사했다. 긴장한 기색을 숨기며.

"뭐야, 퇴근 안 했어?"

"아, 오늘 영화가 너무 보고 싶어서 다시 왔어요."

"에? 영화라면 아무 관심도 없는 놈이."

"아이, 오늘은 아주 자극적인 영화라기에 왔습니다. 좀 쉬세요. 제가 영사실에 있을게요."

"그럴래? 나 좀 자다 올게."

벽 모서리 뒤편에 숨어 있던 경희는 심장박동을 천천히 세었다. 아무 일도 없을 거라고 다독이면서. 그렇게 조심조심 들어온 좁은 영사실에 승효와 경희가 나란히 앉았다. 영사실 작은 구멍으로 영화가 재생됐다. 극장 맨 뒤 사람들의 웃음소리가 영화보다 더 잘 들리는 자리였다.

"근데 왜 영사기사에요?"

"그냥 여기가 눈에 잘 안 띄어서요. 저는 다음 임무가 올 때까지, 이곳에 머물어요."

아, 짧은 깨달음이었다. 이 사람은 숨어서 일해야 하는 사람이었지.

"그런데, 저는 궁금하던 걸요. 어디서 그렇게 사람을 홀리는 영상이 쏟아지나 하고 뒤돌아봤다고요."

승효는 언젠가 영사실을 뒤돌아보던 경희를 떠올렸다. 착각이 아니었던 모양이었다. 경희는 잠시 고민하더니 승효에게 물었다.

"그럼 하고 싶었던 건 없었어요?"

"조국의 독립?"

승효는 짧게 웃었다. 언제였더라. 부모님이 돌아가신 직후였다. 그때는 조국의 독립을 위해 무엇이든 하고 싶었다. 부모님의 뜻을 잇는 것만이 최선의 일이라고 생각했다. 그게 삶의 이유라고 말이다. 그렇지만, 지금은 어떻지? 관성처럼 해야 할 일을 했다. 위에서 내려온 임무에 토달지 않고 그냥 하라는 대로 했다.

"부모님이 독립운동 하다가 돌아가셨거든요. 그때, 저희 부모님의 동무들께서 어리고 뭣 모르던 저를 미국으로 보내려고 하셨죠."

경희의 눈이 동그랗게 커졌다. 함께 지낸 한 달 동안, 승효가 스스로 과거의 이야기를 해준 건 처음이었다. 탁탁탁 필름이 돌아가는 소리가 들렸다.

"근데, 안 갔어요. 나 말고 다른 분을 그 배에 태웠죠. 그분은 만세운동으로 고문받다가 나오신 분이었는데, 나보다 그분이 그 배에 타야 할 것 같았어요. 그분이 미국에 간다면, 그분은 살아날 수 있을 것 같았거든요. 그때의 나는 미국에 갈 이유가 없었어요. 대신 부탁했죠. 제발 제게 기회를 달라고. 부모님의 뜻을 이을 삶을 살겠다고. 아직 조국에서 할 일이 남았다고."

"멋지네요."

경희는 대단하다고 말해줬지만, 그건 그렇게 중요한 게 아니었다.

"근데, 그거 알아요? 흔들리는 사람들을 많이 마주하다 보면 나도 흔들려요. 다들 그렇게 말했거든요. 어차피 안 될 거라고. 왜 매달리고 있냐고. 다들 포기하는 중이라고. 그래서 제가 이 일을 하는 건, 관성이에요. 그냥, 하다 보니까 할 줄 아는 게 이것뿐이라서."

"누가 그러던데요. 멈춰야 할 것 알면서도 멈추지 못하는 일이 있다고. 그 일이 내가 쌓아온 걸 모조리 망치더라도 하게 된다고."

영화를 보던 승효가 시선을 돌려 경희를 바라봤다. 경희가 미소 지으며 말했다.

"계속하게 되는 건 이유가 있을 거라고, 생각해보라고 하셨거든요. 제가 재봉틀을 돌리지 못하는 동안 계속 생각했어요. 나는 왜 계속 옷을 만들고 싶지, 뭘 하고 싶어서 그러나 싶었는데, 막연한 기대라는 게 있나봐요. 언젠가 제 옷이 인정받을 수 있다는 기대 같은 거죠. 관성이라고 하지만, 믿고 있잖아요. 조국에 독립이 반드시 올 거라고."

관객들의 웃음소리가 들려왔다. 이번엔 경희가 승효의 손을 잡고 좁은 영사실 밖으로 나갔다.

"아, 진짜 방 안에만 갇혀 있어서는 안 되겠어요. 나가요, 당장."

아직 영화는 끝나지 않았지만, 고작 이 좁은 방에서 다음 임무가 오길 기다리고 있기만 할 수는 없으니까. 방 안에 갇혀 옷을 만들어도 괜찮다는 허락이 떨어지기만을 기다릴 수는 없으니까. 그들은 영사실 좁은 방을 나서 넓은 경성 거리 정중앙을 달렸다. 어디로 가야 할 지는 몰랐지만, 숨이 턱까지 차오르게 내달렸다. 정처 없이 달리며 웃었다.

갑자기 소나기가 내리기 시작했다. 그들은 홀딱 젖은 채, 경성 거리를 더 빠르게 내달렸다. 문득 경희는 비 오던 경성 거리를 달렸던 그날이 떠올랐다. 경희를 꼭 안고는 앓는 소리마저 참아내던 선영의 신음과 뒷마당에서 피어오르던 연기와 어서 도망치라는 안주인의 목소리. 의심 섞인 눈빛으로 바라보던 그 때까지만 해도 순수해보였던 청년 수훈까지. 마구 기억이 뒤엉켰다. 경희가 갑자기 달리기를 멈췄다. 뒤따라 달리던 승효도 멈춰섰다.

"괜찮아요? 빨리 저기 처마 아래로 가요."

비를 피하기 위해 근처 처마로 경희를 끌어당기던 승효는 경희가 울고 있다는 것을 알아차렸다. 소나기에 눈물을 흘려보내고 있었다. 승효는 경희의 어깨를 조용히 토닥였다.

3. 요괴들의 옷

"여기에 달까?"

"딱 좋아!"

순이가 마련해준 사무실 문 앞에 채령이 문패를 달았다. 잡지사 '신주여'라는 문패가 문앞에 걸리고 각도를 봐주던 순이와 손바닥을 마주쳤다. 만족스럽게 들어간 사무실 안에는 책상두 개, 그리고 의자 두 개뿐이었다. 텅 빈 사무실을 보며 순이가 말했다.

"그래도 채워갈 일만 남은 거지, 안 그래?"

채령이 고개를 끄덕였다.

"그럼, 그럼."

사무실은 텅 비어 있었지만, 채령의 책상 위에는 원고가 한가득했다. 여성 독자들에게 지면을 내어준다며 투고를 받기 시작했던 터라, 지면이 필요했던 이들이 모두 찾아왔다. 채령은발을 까딱거리며 투고글들을 읽기 시작했다.

'부모의 덕에, 남편의 덕에, 기생충의 호사를 하려는 것이니 이것은 자기가 조선 여자의 자랑인 일 해서 살아왔다는 역사적 큰 뜻을 무시하고, 스스로 자기의 몸으로 더러운 생활을 지으려 하는 것인즉. 크게 정신 차리지 않으면 안 될 것이겠다.'

글을 읽던 채령의 표정이 진지해졌다. 세상은 변하고 있었다. 그리고 변화는 갈등을 초래하는 것이 당연했다. 다시 경성에 돌아와 정확히 무엇을 할 지는 정하지 않았지만, 딱 하나 정한 것은 가만히 있지 않겠다는 것이었다. 변화하는 흐름에 흘러가는 것이 아니라, 점 하나라도 크게 찍겠다는 것이 목표였다. 점차 표정이 굳어가는 채령에게 난데없는 목소리가 들려왔다.

"왜 그렇게 심각해?"

현우였다. 경희가 사라졌다며 울상이던 현우는 계속 채령의 사무실에 놀러 왔다. 자기가 앉을 곳은 직접 챙겨오겠다며 의자 하나를 챙겨온 터라 내쫓지도 못했다.

"생각이 많아지는 것뿐이야. 무엇을 할지는 몰라도, 하고 싶은 건 명확하거든."

"그게 뭔데?"

"흘러가는 대로 두지 않을 거란 거지."

"알아, 그렇지만 심각하게 쳐다보며 고안한 방법으로는 사람들을 끌어당길 수는 없을 걸. 아니, 재밌어야 보지."

"그게 무슨 말이야."

"그냥, 재밌는 것들도 한 번 봐봐. 심각한 글과 고발 속에만 갇혀 있지 말고."

현우는 미국에서 가져왔다는 잡지를 채령에게 내밀었다. 채령은 현우를 한심한 눈빛으로 바라봤지만, 현우의 말이 틀린 것이 아니라 잡지를 들었다. 맞는 말이었다. 진지하고 전통적인 방식은 이미 동경에서 실패한 방식이었다. 사람들이 원하는 건 흥미로운 사건이었다. 채령과 채령의 연인이 썼던 글보다, 채령의 연인이 죽었던 사건이 사람들의 입방아에 올랐던 것처럼 말이다.

벌컥, 순이가 사무실 문을 열고 들어왔다. 낯빛에 붉은 기가 돌았다.

"아, 정말 신물이 난다."

현우는 무슨 일인지 궁금하다는 듯, 순이에게 물었다.

"왜? 너는 대체 무슨 일인데?"

순이는 이제 딱 하나 남은 의자에 앉아 말했다.

"지나가는 사람들이 하나둘, 아니 열 명은 내게 쯧쯧 혀를 차고 가는 거 있지? 내가 빚지면서 옷을 사 입는 것도 아니고, 돈 많은 남정네들에게 빌붙어 나를 꾸미는 것도 아닌데, 왜 그런 시선을 받아야 하냐고!"

순이의 격한 분노와는 달리 채령은 차분했다. 그저 현우가 준 잡지를 뒤적이며 읽었다. 화려한 이미지들의 향연이었다.

"나는 또 뭐라고……."

"정말! 재수 없어. 난생 처음 본 사람한테 주는 시선하고는.

다르다고 하면 매번 이런 식이지. 이왕에 욕을 하려거든 대놓고 하라지!"

채령은 순이의 말에 뭔가 떠오른 듯, 읽고 있던 잡지를 뒤적였다. 대놓고 욕을 먹다보면 어떨까. 욕할 수 있는 광장을 마련해 본다면 어떨까. 사람들은 어떤 말을 내뱉을까.

"욕을 좀 대놓고 먹어 볼까?"

채령이 낄낄 웃기 시작하자, 순이와 현우는 채령을 이해할 수 없다는 듯 바라봤다. 쟤는 또 대체 뭘 하려고.

* * *

점심시간이 지난 후였다. 채령은 일부러 그 시간대를 골랐다. 배도 부르고, 날은 따뜻하고 나른할 시간대. 그래서 마음이 열려 있을 때로 말이다. 꽤나 중요한 제안을 해야 하니까. 채령이 향한 곳은 '조선 직업 부인 협회'였다. 조선에서 직업을 갖고 일하는 여성들이 모여 만든 협회로 채령이 준비할 사건엔 그들이 꼭 필요했다. 혼자서는 절대 할 수 없는 일이었다. 협회장 사무실 안에 채령이 우뚝 섰다. 협회장은 채령이 준비해 온 기획안을 느긋한 자세로 읽고 있었다. 협회장에게 준 기획안에는 '조선 유행 여자 의복 감상회'라고 적혀 있었다.

"이걸 나한테 주는 이유가 뭐지?"

협회장은 싸늘한 눈빛으로 채령을 바라봤다. 채령은 협회장이 자신의 어머니와 친구라는 사실을 계속 되새겼다. 그래서 더욱 까다롭게 평가할 것이라는 건 명백했다.

"같이, 해보자는 거지요."

"의복 감상회? 이걸 하면 얻어지는 게 뭐지?"

"욕을 먹겠죠?"

"뭐? 그게 뭐 별일이니?"

협회장은 별 것 아니라는 듯, 기획안을 책상 위에 내려놓았다. 무엇을 하다 욕을 먹는 건 어쩌면 당연한 일이 아닌가. 가만히 있어도 듣는 일인데.

"사람들은 다 비난하고 함부로 판단하고 자신보다 깎아내릴 때, 더 신나죠. 그게 인간이고요. 그러니까 그런 대상이 되어주자고요."

"네가 단단히 미친 모양이구나. 한동안 잠자코 살더니 마음이 바뀌기라도 했어?"

"누가 말해주더라고요. 해보지 않으면 모른다고. 그러니 해볼 수 있을 때, 해보려고요."

"누가 또 너한테 헛바람을 넣었니?"

"헛바람은 제가 저 스스로한테 넣은 거예요. 가봐야죠. 떠오른 게 있다면 끝까지."

"할 수 있을 거라고 생각해?"

"혼자선 못하겠죠? 그러니 협조를 구하는 거예요. 협회장님께!"

"어차피 통보하러 온 거구나. 마음대로 해."

"고맙습니다."

채령은 고개를 까딱 숙이고 협회장 사무실을 벗어났다. 협회장은 채령의 엄마이자 오랜 동무에게 전화를 걸려다 멈췄다. 그래, 저리 날뛰는 딸내미 속에 네 피가 섞여 있지 싶어서. 이제는 전화가 아니면 만나기 어려운 동무가 되었지만 말이다. 협회장은 오랜만에 재미난 일이 생긴 것 같아 웃었다.

* * *

채령은 종이에 직접 '조선 유행 여자 의복 감상회와 함께 할 인재를 찾습니다.'라고 문구를 적었다. 경성 거리에 전단지를 붙이고 다니며 '조선 유행 여자 의복 감상회'를 홍보했다. 준비해둔 거라고는 아무것도 없었지만, 지금 가장 필요한 것은 '관심'이었으니까. 사람들이 채령이 붙이는 종이에 관심을 보였다.

모두들 보시오!

괴상하고 요괴들의 옷이며

잡종같은 그 옷들을 잔뜩 모아

선보이는 잔치를 꾸미고 있으니!

궁금하지 않소?

180

쯧쯧쯧 혀를 차던 그 옷들이
한 데 모여 있으니 얼마나 좋소
얼른 찾아와 당당히 욕을 내뱉으시오
기꺼이 욕을 먹을 테니

궁금하지 않소?
대체 어떤 옷들이 무대 위에 오를지
감히 상상하지도 못할 걸
그러니 찾아와 박수를 치시오
기꺼이 모든 박수를 들을 테니

궁금하지 않소?
요괴들의 옷이 무엇인지?
대체 요괴가 무엇이기에
내가 입은 것이 요괴들의 옷이 되는지
두 눈 크게 뜨고
살펴봐야 할 테요
또 모르지
정말 요괴들의 옷처럼
모든 이들을 홀려 버릴 테니

궁금하다면 찾아와

문을 두드리시오

언제든 두 팔 벌려 환영이니!

웰컴!

같이 하고자 하는 벗들은 잡지사 〈신주여〉의 사무실을 찾아주
십시오.

우대 사항 : 옷을 만드는데 재주가 있는 인재, 대! 환! 영!

극장 앞에서 채령이 붙이던 전단지를 본 승효는 채령에게
물었다.

"제가 한 장 가져가도 되겠습니까?"

"오, 함께 하시려고요?"

채령이 승효를 위아래로 훑었다. 멜빵바지에 모자를 푹 눌
러쓴, 소년으로 보이는 이였다. 어울릴 사람이려나?

"아, 저는 아니고. 잘 어울릴 이를 알아서요."

채령의 눈썹이 들썩했다. 잘 어울린다라. 채령은 승효에게
전단지를 건넸다. 전단지를 든 승효는 밝게 웃으며 가벼운 발
걸음으로 달려갔다. 달려가는 승효의 뒷모습을 보며 채령은 바
랐다. 멀리 더 멀리 가닿으면 좋겠다고. 승효는 곧장 하숙집으
로 달려갔다. 그날 빗속에서 힘 없이 울고 있던 이에게는 희소
식일 거다. 뭐라도 하려면 뛰쳐나와야 하니. 뛰쳐나와 갈 곳이
생겼다면 분명 기뻐할 것이었다.

경희는 하숙집에 앉아 낡디낡은 승효의 옷을 수선하고 있었다. 이곳저곳 천을 덧대었고, 한 가지 옷만 자주 입는지, 멜빵바지의 엉덩이와 무릎이 반들반들했다. 승효의 하숙방에는 말그대로 사치품이랄 것이 하나도 없었다. 꾸밈이 없었다. 조국을 위해 숨 죽은 듯이 살아간다는 사람 앞에서 지난 날 자신이 보인 것은 투정이겠구나 싶어졌다. 어쩌면 그냥 사치, 꾸밈을 좋아하는 철 없는 사람이 아닌가. 경희가 단단히 꿰던 바느질의 속도가 느려졌다.

승효가 평소보다 이르게 하숙방으로 돌아왔다. 돌아온 승효는 잔뜩 들뜬 표정으로 전단지를 내밀었다. 분명 기뻐할 거라 믿으면서. 경희는 승효가 준 전단지를 읽어 내려갔다. 승효는 옆에서 들뜬 표정으로 경희의 결정을 기다렸다. 경희는 디자이너가 필요하다는 전단지 내용을 재차 읽었다. 그토록 바라던 일이었다. 자신을 필요로 하는 곳에서 자신을 부르고 있었다. 그렇지만, 아무것도 없는 승효의 하숙방에서 화려한 양장들 사이로 뛰어드는 건, 마치 철없는 일처럼 느껴졌다. 고작 옷 만드는 게 뭐라고. 언젠가 선영의 말이 생각났다. 재주는 고작 바느질이면서, 바라는 건 크다고 말이다. 머뭇거리는 경희에게 승효가 의아한 표정으로 물었다.

"방 안에만 있을 수는 없다면서요. 이번이 기회죠!"

"너무 많은 빚을 지고 있는 것 같아서요. 이런 게 다 어리광 같아서. 이 옷들을 봐요. 다 낡고, 닳고, 눈에 띄지 않죠."

승효가 경희가 수선해준 자신의 옷을 살폈다. 헤진 곳들이 다 꿰매져 있었다. 단단하게.

"누구도 이 시대에는 이렇게 살아야 한다고 말할 수 없을 겁니다. 그리고 제가 원하던 건 늘 조국의 독립이지 누군가의 희생이나 인내가 아니에요. 그러니 당신의 삶에 있는 거사를 놓치진 마세요."

승효의 말에 잠시 고민하던 경희는 하숙집 밖으로 달려 나갔다. 승효는 경희가 떠나고 남은 옷들을 바라봤다. 그중에서도 가장 좋아하던 자켓을 다시 걸쳤다. 팔꿈치 쪽이 뜯어져 입지는 못했지만, 버리지도 못하던 옷이었다. 다시 입을 수 있을 줄은 몰랐는데. 승효는 경희의 재주가 아주 마음에 들었다. 그래서 제발 포기하지 않기를 응원할 만큼.

전단지를 붙이고 며칠 동안 잡지사 '신주여'에는 큰 현수막 하나가 매달려 있었다. '조선 유행 여자 의복 감상회 준비위원회'라고 적힌 현수막이 사무실 한 면을 꽉 채웠다. 그렇지만, 여전히 사무실을 채운 건, 채령과 순이뿐이었다. 이유 없이 놀러 와 정신을 사납게 만들던 현우는 높으신 분의 부름으로 가야 한다며 쉬이 떨어지지 않는 발걸음으로 외출했다. 그렇게 한적한 사무실 안에서 채령은 지루한 듯 하품이고, 순이는 의자의 등받이에 기대 졸고 있었다.

그때, 사무실 문이 조심스레 열렸다. 끼익 소리 끝에 얼굴을 보인 건, 경희였다. 아직 채령을 알아보지 못한 채 채령의 전단을 보여주며 물어왔다.

"이거 전단지 보고 왔는데요. 어?"

눈을 마주한 채령과 경희는 서로 알아보고, 그 자리에 우뚝 섰다. 채령은 4년 전보다 길어진 머리였고, 경희는 4년 전과 달리 턱선까지 확 자른 단발머리였다. 축축하게 빗속을 승효와 달렸던 그날, 경희는 머리를 잘라내었다. 어릴 적부터 단원들의 머리를 잘라주었다는 승효의 손을 빌렸다. 축축하게 젖었던 머리를 잘라내고서야, 빗물에 젖어 무거운 머리를 버텨낼 수 있었다. 채령은 굳이 4년 동안의 일을 묻지 않고 그저 껴안으며 반가움을 표했다. 그것은 경희도 마찬가지였다. 그 사이, 졸음에서 깬 순이는 껴안고 있는 그들을 보며 대체 무슨 일인가 싶었다.

현우가 가져온 의자가 쓸모가 생기는 날이었다. 경희, 순이, 채령이 삼각구도로 앉았다. 경희는 뭔가 이상한 듯, 주변을 둘러보다 물었다.

"어……. 저기……."

경희가 물어올 질문이 뭔지 안다는 듯, 채령이 답했다.

"다 온 거야."

아, 고개를 끄덕이는 경희에게 순이가 뻔뻔하게 말했다.

"완벽한 에이스들의 모임이죠. 원래 사공이 많으면 배가 산으로 가는 거거든요."

"에이스요?"

경희의 물음에 순이와 채령은 답하지 않고, 서둘러 다음으로 넘어갔다.

"뭐……. 어찌됐든! 우리가 준비하는 의복 감상회, 그래서 우리에게 제일 중요한 옷들에 대해 이야기를 해볼까?"

경희가 그제야 눈빛을 반짝이며 고개를 끄덕였다. 옷에 대한 이야기가 나올 때면 저리 눈을 반짝이는 건, 그대로였다. 채령이 미소 지으며 말을 이었다.

"우리는 조선에서 유행하는 옷들을 무대 위에 세울 거야. 당당히. 욕을 먹더라도 당당히 먹자고."

화려한 양장 원피스를 입고 있던 순이가 제자리에서 돌며 원피스를 자랑하고는 말했다.

"알죠? 신여성들이 얼마나 욕을 먹기 쉬운지? 그놈의 현모양처……. 나도 이렇게 입고 다닌다고 해도 가정에 충실할 거라구요. 아직 그럴 놈을 못 만나서 그러지. 사실 현모양처라는 게 겉만 봐서는 알 수 없잖아요. 아직도 여학교에 바느질이 정규 교과목인 게 말이 되냐고? 그런데, 그런 교과목이 없으면 여학생들이 학교에 갈 명분이 없으니까 존재하는 거지."

채령이 '옳소.'하며 순이의 말을 이었다. 경희는 뭔가 변사와도 같은 그들의 모습을 흥미롭게 바라봤다.

"우리가 대체 뭘 했길래? 이 옷을 입고 범죄를 저질렀나? 그

들이 말하는 서양의 것을 따라하는 게 우리 뿐이냐고……! 모
던보이들도 한 가득인 시대에! 그렇지만, 대책 없이 양장을 따
라하는 것이 죄라고 말한다면! 우리만의 것을 만들자고!"

"우리만의 것이요?"

경희가 의아하게 묻자, 채령이 순이의 말을 이었다.

"우리가 만들 요괴들의 옷은 쓰임에 따라 분류하여 만들 거
야. 가정에서, 연회에 갈 때, 나들이 갈 때, 운동할 때, 수영할
때, 한복과 양장이 섞인 우리만의 옷, 생경하고 아름다운 요괴
들의 옷을 만들어 보는 거지. 마음에 들어? 네가 할 일인데?"

경희는 고개를 끄덕였다. 그들이 더 설득하지 않아도 자신
이 하고 싶던 일이었다. 채령은 악수하자며 손을 내밀었다. 경
희는 그 손을 꽉 잡았다. 유독 뜨거운 손으로.

* * *

밤이 늦을 때까지, 신주여 사무실은 불을 환히 켜 놓고 있었
다. 그 안에서 채령은 쌓여있는 원고들을 모아서 인쇄소에 맡
길 준비를 했다. 조선 유행 의복 감상회와 함께 신주여의 출간
준비도 해야 했으니. 왜 이렇게 일이 많지 싶지만, 이렇게 하고
싶었던 일로 하루가 꽉 차 있었던 날이 없었던 것 같다.

똑, 똑, 똑.

가벼운 노크 소리에 이어, 아까 퇴근한다고 나갔던 순이가

들어왔다. 한 손엔 위스키 한 병을 들고서.

"한 잔?"

순이가 채령에게 술을 따라 건넸다. 채령이 차분한 순이를 보며 능글맞게 물었다.

"뭐지? 무슨 일이야? 나야 술이 반갑지만 넌 아니잖아!"

그 말에 살짝 웃던 순이가 답했다.

"그게……. 우리 아버지 또, 혼인하신대."

"또?"

"이번엔 나보다 두 살이나 어리다더라. 하! 하! 얼굴도 뽀얗고. 난 나보다 일곱 살은 어린 줄 알았다니까? 지 인생이라 이거지. 제발 그 인생에서 나 좀 빼주면 좋으련만."

순이는 엄마라고 부른 이만 일곱이었다. 그러니 현모양처가 되어 한 명의 사내와 행복한 가정을 꾸리는 게 순이의 진정한 꿈이기도 했다. 한 번도 그런 모습을 본 적이 없었으니 말이다.

"그럼 너 여기서 나랑 이렇게 비싼 술 못 마셨을 걸?"

"……이씨. 넌 왜 여기서 늦은 밤까지 일하고 있어?"

"그냥……. 더 이상 우리 둘만의 일이 아니게 되니까. 묘하게 떨리네."

"아! 의복 감상회?"

순이가 머뭇거리다 위스키 한 모금에 솔직한 마음을 털어놨다.

"…… 잘 될까? 사실 사람들 반응도 시원찮고……."

"잘해야지. 바꾸고 싶어서 돌아온 거야. 잡지사도 열고, 의복감상회도 하고, 내가 할 수 있는 일을 하려고. 너도 알다시피 내가 제대로 준비해서 망한 거 본 적 있니?"

"…… 어우, 재수 없어."

"난 운이 아주 아주 좋거든. 가진 게 돈뿐이고, 명예는 바닥으로 던져주신 아버지 때문에. 그게 불운이라 다른 것에서 운이 참 좋나봐."

"……너나 나나……."

순이와 채령이 잔을 부딪혔다. 여러 말을 덧붙이기보다, 한 잔 술에 동감을 흘려보낼 뿐이었다.

* * *

"믿을 만한 디자이너인 거야? 우리 조선 직업 부인 협회 이름 걸고 진행하는 일이야. 실수는 없어야지."

협회장에게 중간보고를 하러 간 채령은 당당히 '경희'라는 디자이너를 소개했다. 협회장은 처음 들어오는 이름이라며 반문했다. 이에 채령은 자신이 입고 있는 붉은색 원피스의 매무새를 정리했다.

"당연하죠. 제가 골랐는데."

"무슨 경력으로……?"

"지금 제가 입고 있죠. 예전에 협회장님도 어디서 샀냐고 물어보셨던 옷이요."

"…… 건방지긴."

"그러니까 한 번 믿어보세요. 제가 언제 근거 없이 건방진
적 있던가요?"

4. 선전영화

　경무부장 사무실에 야마토가 의자에 기대 앉아 있었다. 노크 소리와 함께 그 안에 들어온 것은 현우였다. 잔뜩 굳은 표정으로 말이다. 야마토는 능글맞게 웃으며 일어나 반갑다는 듯 인사했다.

　"오! 오랜만이지?"

　"아, 너랑 나랑 이렇게 반갑게 인사할 사이인가?"

　"왜? 무시할 사이는 아니잖아. 네가 채령과 겉으로만 그렇고 그런 사이였던 걸 내가 모르는 것도 아니고."

　현우는 어이없어 작게 웃었다.

　"아직도 채령이를 찾아? 참……. 너도 멋이 없다. 여자가 그렇게 싫다고 했으면 마음을 접을 법도 한데……."

　"알아, 그러니까 정복하고 싶은 거야."

　"보통 그런 걸 삐뚤어진 집착, 아니 풀어서 말하면 미친놈이라고 하지. 못 알아들을까 봐. 친절히 풀어서 말해봤어."

　야마토의 표정이 굳어졌다. 그러고는 허릿춤에 차고 있던 총을 꺼내 현우를 겨눴다.

"너도 못 알아처먹을까봐 하는 얘긴데……. 내가 친히 너를 부른 이유는 하나야. 선전영화를 만들어. 나보다 높으신 분이 아메리카에서 영화를 배워온 이가 있다고 하니 널 택하시더라고. 우리가 부족한 조선인들을 얼마나 발전시키고 있는지 찍어주면 돼."

"싫다면?"

"싫어도 해야 할 거야. 너도 못 알아듣는 것 같은데. 내가 당장 너를 쏴 죽여도 나는 죄가 없거든. 그러니까 해야 할 거야. 싫어도 꾸역꾸역 하는 법을 배우도록 해. 귀한 도련님 나리. 찍어, 그 비싼 카메라로. 우리를 찬양하라고. 계속 편하게 룸펜으로 살아. 원래 넌 그런 놈이었잖아."

야마토가 현우의 뒤쪽에 있던 고려청자를 향해 총을 쐈다. 고려청자가 산산히 부서졌다. 현우의 표정이 굳었다. 이것이 한계였다. 자신이 하고 싶은 것을 찾아도 변하지 않는 것들이 여전히 있었다. 무엇을 찍어야 맞지? 무엇을 찍어야 하지? 현우는 자신이 하고 싶은 것을 찾으면 자신의 선택들이 변할 줄 알았지만, 선택도 자유가 있어야 할 수 있었다. 겨우, 죽을 수도 있다는 말에 떨리는 몸이 구차하게 느껴졌다. 그래 내가 너무 곱게 자랐지.

찰-칵.

현우는 야마토가 총으로 쏜 고려청자의 사진을 찍기 시작했다. 처음에는 깨진 고려청자의 모습을 찍고, 산산히 조각난 청자 조각을 확대하여 모난 가장자리가 선명하게 찍었다. 야마토는 산산조각 나서 이제는 쓸모없는 고려청자를 찍는 현우를 한심하게 바라봤다.

"뭐 하는 거야?"

"잘 찍어보라며. 지금부터 제대로 찍어보려고. 기대해. 아메리카에서 내가 뭘 배우고 왔는지, 내가 무엇을 찾아왔는지 보여줄 테니까."

현우는 뒤도 돌아보지 않고 야마토의 사무실을 나갔다. 야마토는 뒤돌아나간 현우의 뒷모습을 향해 총구를 겨눴다. 차마 방아쇠는 당기지 않았다. 아직 때가 아니었다. 이번 선전영화는 아주 중요했으니까. 야마토는 꽤 오래 현우의 낯짝에 총을 쏠 날을 기다려왔다. 동경에서부터 채령과의 사이에서 걸림돌 같은 녀석이었기 때문이다. 이번에도 겨우, 미국에 다녀왔다는 이유로 선택받은 귀한 집 도련님은 너무나도 재수 없는 존재가 아닌가. 감히 조선인 따위가.

* * *

"도련님, 전화가 왔습니다."

"누구한테요?"

"채령이라는 분이라는데요."

"아, 갈게요. 조금만 기다려요."

본가로 전화라니, 채령답지 않았다. 아무리 급한 일이어도 얼굴을 보고 나서야 말하는 게 채령이었다. 되려 연락이 잘 닿지 않는 장본인이었다.

"무슨 일이야? 전화까지?"

"경희를 찾았어. 그 소식을 전해주려고."

현우는 들뜬 채령의 목소리에 쉽사리 답할 수가 없었다. 그토록 보고 싶었지만, 지금은 아니었다. 야마토의 사무실에서 찍어온 깨진 고려청자 사진을 내려다봤다. 더 당당한 모습이어야 했다. 그리고 기다리던 소식도 아직 오직 않았다. 한 번에 좋은 소식을 전해주고 싶었다. 지금은 때가 아니었다.

"뭐야, 별로 안 기뻐하네?"

"기뻐. 안녕하다는 의미일 테니까."

"당장 내일 우리 사무실로 와. 그럼 볼 수 있어."

"아니, 내일은 안 돼."

"왜?"

"내가 영화를 완성하고 난 후에, 보러 가야지. 그때는 부끄럽지 않을 것 같아."

"뭐? 대체 그게 무슨 소리야?"

"기대해. 나중에 보자. 한동안 사무실도 안 갈 거야. 꽤 바쁠 것 같아."

채령과의 통화를 끊고 나서야 현우는 계속 무언가를 꾸미던 동무들이 된 것 같은 느낌이 들었다. 항상 이런 말을 듣기만 하는 사람이었는데. 내가 무얼 할 지 지켜보라는, 기대하라는 말

을 스스로 내뱉게 될 줄은 몰랐다. 이제 룸펜 소리가 지겨울 때
였다.

5. 재봉사의 꿈

　의복 감상회의 디자이너로 결정이 난 후에, 경희는 빈 창고와 같은 작업실을 제공받았다. 조선 직업 부인 협회 소유의 창고였다. 안에 있는 거라곤 책상과 칠판, 그리고 재봉틀과 기본 원단들뿐이었다. 그 모든 것을 바라본 경희는 그것만으로 충분했지만, 채령은 준비한 게 이것뿐이라며 머쓱해했다.

　"이게 다야."

　"선생님, 저한테는 항상 이것들이 전부였어요."

　채령은 책상에 앉아 들뜬 경희의 모습을 보았다. 원단과 재봉틀, 아직 창고 안에 피어오르는 먼지까지, 익숙하고 뻔한 것들이 생경해 보이는 순간이었다. 어디로 가게 될 지 알 수 없지만, 한 발짝 내디뎠다. 누군가에는 소음이 되어야만 들키는 세계를 대놓고 보여줄 시간이었다.

　작업실에 입성한 이후로, 경희는 책상에 앉아 흰 종이 위에 자신만의 옷을 그리기 시작했다. 하숙방에서 챙겨온 자신의 수첩 한 장 한 장을 뜯어내 바닥에 펼쳤다. 그 안에는 경희가 옷

만드는 일을 시작할 때부터의 스케치가 담겨 있었다. 아니, 경희가 지나온 모든 거리의 모습 그 자체였다. 스케치가 그려진 종이 사이로 경희가 걷기 시작했다. 한 발짝 한 발짝 성큼 성큼, 동시에 신중하게. 그 안에서 자신이 뽑아내야 할 것들을 고민했다. 장터에서 나물을 파는 아줌마, 격식 차린 백화점 점원, 카페의 여급, 이제 막 교복을 입은 여학교 학생들, 음식을 파는 식당 주인들, 거리로 심부름을 나온 하녀, 기생들, 한복을 입고 다니는 양반 여성들, 그리고 화려한 모던걸까지.

경희는 그동안 자신이 거리에서 만나온 사람들의 스케치를 바닥에 깔아놓고 사이 사이를 걸으며 하나씩 뜯어봤지만, 늘상 막다른 길에 부딪힐 따름이었다. 한 번도 이런 적은 없었다.

"어때요? 잘 되어 가요?"

채령의 방문에 경희는 잔뜩 기죽은 어깨만 보여줄 뿐이었다.

"아뇨, 충분하지 않은 건 저였던 것 같은데요."

채령은 바닥에 깔린 수많은 스케치들을 봤다. 저렇게 가득 쌓아놓고 못 찾겠다니. 엄살은. 그래도 파묻혀 있게 할 수는 없지.

"그 이유가 뭐라고 생각해요?"

경희가 잠시 고민하다가 답했다.

"저는 늘 이런 옷을 원한다고 본인이 입을 옷을 만들어달라는 사람들만 만나왔거든요."

아, 오케이! 채령은 확신에 가득찬 목소리로 외치고는 작업실을 나섰다. 종이에 파묻힌 사람을 끄집어낼 방법은 아주 단순했다.

* * *

며칠 후, 조선 직업 부인 협회원들이 가득 창고를 채웠다. 채령이 작업실에 나이불문한 여인들을 줄 세워놓고 있었다.

"자, 줄을 서세요."

"이게 무슨 일이에요?"

경희가 놀란 눈으로 채령을 바라봤다. 채령이 웃으며 답했다.

"부족한 게 있었잖아요. 그래서 채워봤어요."

그들은 이번 의복 감상회 무대 위에 오를 직업 부인 협회원들이었다. 채령은 그들을 모아놓고 자신이 꾸미고 있는 '조선 유행 여자 의복 감상회'가 정확히 무엇인지 일장연설을 풀기 시작했다. 협회장의 갑작스러운 초대에 방문했던 여인들은 물어왔다. 대체 그런 게 뭐 하는 거냐고.

"뭐하는 거냐면요. 우리가 입은 옷이 이상하다는 걸 보여주는 겁니다."

"그게 대체 무슨 말이에요."

웅성거리는 사람들에게 채령은 단호한 목소리로 답했다. 흔들림이 없어야 저 사람들을 끌어올 수 있을 터였다. 의심할 수 없게, 확신해서 같이 이 길을 걸을 수 있게. 그것이 자신의 역할이라고 믿었다. 채령이 목을 살짝 풀고 여유롭게 말했다.

"서양에서 디자이너가 옷을 만들고, 그 옷을 선보이는 자리를 가진대요. 사람들에게 옷을 자랑하는 자리죠. 우리도 그런 자리를 갖자는 거예요. 여기 오신 분들 한 번쯤 혀 차는 소리 들어보셨잖아요. 현모양처가 되기는 글렀다는 소리도 들으셨을 거고. 감히 저리 비싼 옷을 입는다거나, 다리나 목을 드러내놓고 다닌다고 욕을 먹거나. 하나 같이 우리 옷이 이상하다고 하잖아요."

하나둘 고개를 끄덕였다.

"그런데 이상한 건 자주 보면, 별 감흥이 없어지거든요. 그러니까, 이상하다고 욕 먹는 옷들을 싹 다 모아놓고 쏟아내는 거예요. 그럼 처음 몇 벌은 이상한 옷이더라도, 그 다음엔 평범한 옷이 되겠죠. 봤던 옷, 익숙한 옷, 그냥 상황에 맞춰서 입은 옷, 그런 거 말이에요. 우리 옷은 이상한게 아니라, 그저 내가 입고 싶은 옷이라고 선언하는 자리가 될 겁니다."

채령의 말에 흥미가 동하는 사람도, 잘 모르겠다 싶은 사람도, 단 한 마디에는 마음이 흔들렸다. 지금 내가 입고 싶은 옷을 입는 자리라는 것.

"의복 감상회 무대 위에서 여러분들은 입고 싶은 옷을 입고 걸을 거예요. 그걸 외국말로 모델이라 부르죠."

의복 감상회의 무대에 선다는 말에 무대 위로 오를 사람과, 무대 아래를 채우고 싶다는 사람들로 갈렸다. 무대 위에 선다는 사람들은 경희에게 각자 원하는 옷을 말했고, 경희는 그들의 체형을 직접 살폈다. 옷을 직접 입을 모델들이 명확해지자, 경희의 손은 더욱 바빠졌다.

가야할 목표가 선명해지자, 가득 쌓아둔 종이들 사이에서 길이 번쩍하고 보이기 시작했다. 막연하기만 했던 의복 감상회 무대가 보이기 시작했다. 머릿속에 그날의 일들이 그려졌다.

"어떻게 아신 거예요?"

"뭘?"

"제게 이런 방법이 필요할 거란 걸요."

"난 기획자야. 내가 꾸린 사람이 최고의 역량을 발휘할 수 있게 돕는 게 내 역할이라고. 그리고 내가 그걸 참 잘해. 내 재능이야."

채령은 자신만만한 표정이었다. 확신이 가득 차 보였다.

"그나저나 담배 끊으셨네요?"

"사실 누굴 따라서 피기 시작한 거였거든. 이제는 필요 없어졌으니까."

길을 찾고 보니 이제는 너무 시간이 없는 것이 문제였다. 공간 대관이나 협회의 협조를 요청한 기간에 맞춘다면 예정된 일정은 6월, 지금은 4월이었다. 두 달 안에 모든 것을 해내는 것은 혼자서는 어려웠다. 경희가 채령을 찾아 물었다.

"제가 제게 필요한 이들을 불러와도 될까요?"

* * *

북촌의 작은 집, 점순은 마루에 앉아 갓난아이를 안고 있었다. 태어난 지 얼마 되지 않은 아기는 서툰 엄마에게 잔뜩 성을 내고 있었다. 점순은 우는 아기를 달래려고 애썼다. 너무 사랑스럽지만, 마냥 울기만 할 때면 어떠한 것이 필요한 것인지 몰라 답답했다. 우르르 까꿍만 하며 하루를 보내다보니, 요즘 점순은 대화할 수 있는 단어를 점차 잊어가는 듯했다.

아기는 점순의 간절한 마음을 알았는지, 품안에서 잠이 금세 들었다. 점순은 뻐근한 허리를 펴고 일어나 푹신한 이부자리에 조심스레 아기를 눕혔다. 눕히다가 깨버리는 경우가 왕왕 있었다. 아기가 어떤 생각을 하는지 모르겠다가도, 그런 순간엔 명확히 알 수밖에 없었다. 당장 안으라는 의미였다. 사랑하는 이와 함께 아이까지 부족한 것이 전혀 없었지만, 하루를 그렇게 보내고 나면 점순은 뭔가 텅 빈 것 같았다. 나쁘고 잘못된 것은 하나도 없었다. 그냥, 마음이 그랬다.

그런 나날을 보낼 때였다. 예상하지 못한 손님이었다. 경희가 마당에 슬그머니 섰다. 너무나도 반가운 얼굴이었다. 너무 반가워서 방금 재운 아기가 깰 수도 있다는 생각을 못하고 큰소리로 경희의 이름을 외쳤으니 말이다.

"경희야!"

동시에 아이의 울음소리가 마당까지 크게 울렸다. 경희에게 달려가던 점순이 발길을 돌려 방안의 아기를 향했다. 경희는 살풋 미소지을 뿐이었다. 점순이 말하던 미래의 모습과 똑 닮아 있어서.

"이름이 뭐야?"

"지혜! 지혜야."

"좋은 이름이구나."

"내가 내 이름을 얼마나 싫어했는지 잘 알잖아. 점순이가 뭐야. 점박이도 아니고. 그래서 우리 딸 이름은 의미 있게 짓고 싶었어."

점순이 품안의 아이를 쓰다듬는 손길을 경희가 바라봤다. 어떤 손길보다 따뜻했다. 깨어질까 두려운 부드러운 손길, 귀한 아이였다. 경희는 자신의 제안이 어려울 수도 있겠다는 생각이 들었다.

"그나저나, 무슨 일이야?"

경희는 머뭇거리다 물었다.

"혹시 괜찮으면 나랑……."

점순은 경희의 말을 끝나지도 않았는데, 고개를 끄덕였다.

"할게. 뭐든!"

"뭔지 알고 그렇게 답하는 거야. 내가 뭘 하려는 줄 알고?"

"재밌겠지? 넌 늘 재밌는 걸 했잖아."

"내가?"

"내가 보는 넌, 항상 그랬어. 그래서 네가 한다고 하는 일이 부러웠었는데. 내가 너한테 왜 그렇게 바쁘게 사냐고 말했던 건, 나도 그런 일을 하고 싶어서였을지도 모르겠어."

점순은 경희의 손을 한 번 꽉 잡아주고는 자신의 아이를 안아보라며 제안했다. 아이가 깰까 머뭇거리던 경희는 따뜻한 생명을 품에 안았다. 생경한 경험이었다. 이것은 대체할 수 없는 무언가의 힘이었다.

* * *

"왜 교환이 어렵다는 거야! 내가 진짜 딱 한 번밖에 안 신었는데! 벌써 흠집이 나는 게 말이 돼? 응?"

백화점 1층 구두 매장에서 한 사모님이 백화점 직원에게 잔뜩 화를 내고 있었다. 한참 혼나고 있던 백화점 직원은 시골에 갔다던 정아였다. 정아는 화내는 사모님에게 감정 없는 목소리로 답했다. 근무 중이라고 스스로 되뇌이면서.

"구두를 신으셨으니까 흠집이 나죠. 강철 구두를 사신 것이 아니잖아요."

"그럼 내 잘못이라는 거야?"

화가 난 사모님은 물러날 생각이 없어보였다. 그건, 정아도 마찬가지였다.

"죄송합니다만 저희 규정 상……."

"규정이 무슨! 어서 당장 교환해줘! 안 바꿔주면 나 계속 찾아올 거야! 매일 매일! 아니 내가 일주일 전에 샀어? 어제 저녁에 샀잖아! 너 나 기억하잖아!"

"기억하죠, 손님. 그렇지만, 저희가 계속 말씀드렸다시피……."

정아는 이 사모님을 대체 어떻게 설득해야 할까를 고뇌하고 있을 때였다. 사모님은 신고 있던 자신의 구두를 정아 앞에 내밀며 말했다.

"그럼 네가 닦아서 없애봐."

정아는 순간 숨이 턱 막힌 듯했다. 지긋지긋했다. 정아는 주변을 돌아봤지만, 어느 누구 하나 자신의 편이 되어줄 사람은 없어 보였다. 자신의 생각이 맞다고 생각하는 사람의 힘이 크면 그것이 맞든 틀리든 맞는 일이 되었다. 정아는 자신의 편이라고는 아무도 없는 뼈저리게 차가운 경성을 알고 있었다. 그럼에도 지겹게 경성에서 살아가려 하는 자신이 초라했다. 대체 어떻게 살고 싶은 건지, 정아 자신조차 답을 알 수 없어 막막했다. 한 걸음, 한 걸음 사모님에게 다가간 정아는 쪼그려 앉아 사모님이 신고 있던 구두를 자신의 옷소매로 닦았다.

"오랜만이에요. 언니."

익숙한 목소리였다. 구두를 닦던 정아는 뒤돌아 경희를 발견했다. 경희는 자신의 손수건을 정아에게 내밀었다. 그러고는 작게 말했다.

"이걸로 손을 닦고 일어나요."

경희가 정아를 일으켜 세웠다. 정아는 붉어진 얼굴을 하고 자리에서 일어났다. 오랜만에 만나서 이런 모습을 보이고 싶진 않았다. 사모님은 이건 또 뭐야 싶은 표정이었다. 경희가 품안의 수첩에 약도를 그려 사모님께 건넸다.

"사모님께서 구두의 상처가 속상하시겠지만, 이런 가죽 구두의 상처는 닦는다고 지워지지 않는답니다. 수선집에 맡기시면 훨씬 깔끔하게 정리해주실 거예요. 여기는 제가 경성에서 제일 잘한다고 자부하는 곳이고요. 약도 따라가시면 될 겁니다."

"새 걸로 교환을 원한다니까? 이렇게 비싼 걸 샀는데……."

"그러니 더 아껴주시면 어떨까요? 귀한 구두일수록, 가꾸고 관리해주면 그 빛을 더한답니다. 특히 가죽 구두가 그렇지요. 사모님과 함께 쌓여가는 시간이 길어질수록 이 구두는 사모님만의 구두가 될 거예요. 그럼 이분은 모시고 갈 곳이 있어서요. 먼저 나가보겠습니다."

경희는 말을 끝마치자마자 정아의 손을 잡아끌어 백화점 밖으로 내달렸다. 그 뒤로 사모님의 외침이 들린 것도 같지만, 그냥 못 들은 척하고 내달렸다. 그렇게 한참을 달려 잠시 숨을 고른 곳은 승효가 일하는 신영극장 앞이었다. 며칠 동안, 승효는 집에 들어오지 않았다. 잠시 먼 길을 다녀온다는 말에 그냥 더 묻지 않았다. 언젠가 돌아오겠지 싶었다.

"뭐야, 대체 무슨 일인데, 이렇게 사람을 끌고 왔어?"

정아의 말에 경희는 승효에 대한 걱정을 뒤로 하고 자신이 해야 할 말을 떠올렸다.

"엄청 숨어 있었네요? 찾느라 힘들었어요."

"그냥 더 이상 양복점에서 일하고 싶지 않았을 뿐이야."

"그래서 언니를 좀 꼬셔보려고요. 저랑 일 하나 같이 하시죠."

"응?"

"전 드디어 러키라케를 때려쳤거든요. 그 대신 다른 곳에서 옷을 만들어요. 그런데, 저 혼자서는 할 수 없는 일이라 부탁하러 왔어요. 급여는 적겠지만, 한 번 해볼래요?"

* * *

세 사람이 드디어 다시 모였다. 먼저 작업실에 있던 점순이 달려와 정아를 보자마자 달려와 안겼다. 서로가 없던 서로의 시간은 굳이 묻지 않은 채, 경희가 보여주는 칠판 위 글자들만 바라봤다. 칠판 위에는 각 장소와 쓰임에 따라 여섯 개의 유형-가정, 연회, 나들이, 일상, 운동, 수영복-이 적혀 있었다. 그리고 각기 다른 체형에 맞춘 스케치가 붙어 있었다. 정아와 점순이 그 양에 입이 쩍 벌어졌다. 경희는 머쓱하게 웃으며 말했다.

"혼자 다 할 수 없는 양이죠, 절대로."

정아는 살짝 웃으며 말했다.

"그거 알아? 네가 직접 도와달라고 한 건 이번이 처음인 거?
이제 도와줄 맛이 나네."

세 사람은 이전처럼 각자의 책상 앞에 앉아서 재봉틀을 돌
리기 시작했다. 색색깔의 옷으로 경성의 거리를 꾸몄던 재봉사
들의 귀환이었다. 한 땀 한 땀 꿈으로 수를 놓고, 낭만을 외치
는 멋쟁이를 빛내고, 언젠가 마주할 하루를 위해 재봉틀만 만
졌던 그들이 다시 함께였다. 경희가 칠판 위에 분필로 전통 한
복의 옷본으로 스케치하고, 하나씩 지워나가며 다 함께 스케치
를 완성했다. 저고리와 치마를 가르던 선이 지워져 나가고. 속
치마가 지워지고. 점점 새로운 옷이 되었다. 새로운 우리만의
옷으로. 팔목은 길게, 목은 더 파이게, 치마는 더 가볍게.

"치마를 벗는 게 쉬운 옷이면 어떨까? 허리춤에 끈을 달아
서 말이야. 언뜻 보면 원피스 같지만, 실제로는 투피스인 거지.
그럼 훨씬 편하지 않을까?"

경희는 자신이 머릿속에 그려둔 드레스를 칠판 위에 그리기
시작했다. 이전의 옷들보다 훨씬 입고 벗기 쉽게, 움직이기 쉽
게, 아름다우면서도 편한 옷, 기존에 없던 옷들이 매일 매일 탄
생했다. 재봉사들의 손끝에서.

6. 거리의 여인들

의복 감상회까지 이제 한 달. 채령은 텅 빈 잔고를 봐야 했다. 이리저리 끌어와 지원받은 예산은 모두 다 쓴 지 오래였다. 채령은 책상 위에 엎드려 머리를 묻었다. 머리를 식힐 필요가 있었다. 순이가 그런 채령의 어깨를 두드렸다. 채령은 고개를 옆으로 돌려 순이를 봤다.

"쉬울 거라 생각한 적은 없잖아."

"돈 때문에 힘들 줄은 몰랐지."

순이는 고개를 저었다.

"어휴, 전쟁 중이라 우리 집도 난린데, 너희 집은 아주 편한가 보다?"

"그래서 죄책감 때문에 아버지한테 손을 못 빌리잖아. 창피해서."

채령이 잠시 고민하다 순이에게 되물었다.

"아버지한테 도움을 받을까? 그러면 우리가 돈 때문에 걱정할 필요는 없을 걸?"

순이의 표정이 굳었다. 아주 엄하게. 그리고는 누워있던 채령의 등짝을 세게 내려쳤다. 채령이 악하고 소리쳤다. 순이를 흘깃 바라봤다.

"너 정신 차려. 어디서 약한 소리야? 내가 너 투정 받아줄 것 같냐."

"어이구. 진짜 차다 차! 좀 받아주면 덧나?"

"당장 정신 차리고 해결할 방법이나 생각해. 네가 하고 나서도 후회할 방법은 택하지도 마. 그건 내가 반대야."

"다들 후회할 짓 하더라도 지금 당장 목숨만 살면 그뿐이던데. 요즘 시대엔."

채령은 농담하듯 말을 가볍게 던졌다. 순이는 여전히 속에도 없는 약한 소리를 하는 채령을 정정해줬다.

"넌 안 그러잖아. 넌 지금 떠나보낸 연인한테서도 못 벗어났잖아. 네가 여태 전차를 못 타고 인력거만 타고 다니고, 그냥 걸어 다니는 거 그 이유를 내가 모를까."

"그래도 담배는 끊었어."

채령이 시선을 돌렸다. 몇 년 전, 동경에서 채령의 연인은 전차에 몸을 던졌다. 채령은 그날을 하나도 빠짐없이 기억했다. 그 사람은 자신만 없어지면 될 것 같다고 말했다. 자신은 천하고 채령은 귀하니 자신이 모든 걸 안고 죽겠다고 했다. 사실, 그런 것도 아니었는데, 그냥 별일도 아니었는데, 야마토가 퍼트린 이야기들을 자신이 끌어안고 죽겠다고 말했다. 그 소설의 결말처럼. 그때의 채령은 '지나가겠지'라고 생각하며, 그 일을 방임했다. 그리고 그것은 평생 후회로 남았다. 다신 후회 남을 짓은 하지 않을 거라 다짐했다.

"방법 생각해놨어."

"이봐, 이럴 거면서……. 그럼 당장 일어나서 일해."

"조금은 쉬고 싶은데?"

"모든 게 다 끝나면 그때 푹 쉬자!"

순이가 채령의 어깨를 주물렀다. 순이는 사람을 어떻게 다루면 되는지를 아주 잘 알았다.

* * *

"아주 멋지십니다. 완벽하시네요."

수훈은 양복점에 찾아온 손님 야마토의 넥타이를 매만지며 말했다. 자신보다 열 살은 어린 야마토에게 굽신거리는 건, 수훈에게 남은 동아줄이 야마토뿐이었기 때문이다. 경희와의 일 이후부터 알게 모르게 손님들의 발길이 끊겼다. 계속 사람들은 새로운 옷을 찾기 시작했다. 수훈은 경희가 썼던 작업실에 앉아 스케치하고 재봉틀을 돌렸지만, 정말 명백하게도 수훈에게 주어진 재주는 아름다운 것을 가려내는 안목뿐임을 깨닫는 악몽 같은 시간이었다. 자신의 옷이 경희의 옷보다 못하다는 것이 점점 선명해졌다.

"실력이 줄었나? 솔직히 그 데리고 다니던 여자애가 사라진 이후로 옷이 그닥인 걸 보면, 딱 그쪽도 끈 떨어진 신세네."

야마토가 농담조로 던진 말은 수훈에게 폭탄과도 같았다. 그럼에도 수훈은 화를 참아내며 답했다.

"그 아이는 제 제자였습니다! 제가 모든 것을 가르쳤죠."

"그래서 더 잘 알았겠네. 당신보다 뛰어나다는 걸. 불쌍해라."

수훈은 주먹을 몰래 꽉 쥐었다. 티 내지 말아야 했다. 원래 강한 자 앞에서는 약해지는 게 사람이다. 그러니까 이렇게 사는 게 당연한 거라고. 그날 뛰쳐나가던 경희가 마주할 현실이 바로 그렇다. 결국 다시 돌아올 거다. 받아주는 이가 없어 옷을 만들지 못하는 재봉사는 가치가 없으니까.

* * *

해가 중천인 시간, 사람들이 가득한 경성 거리 정중앙에 채령은 확성기를 하나 들고 섰다. 그러고는 사람들 사이에서 외쳤다.

"인류 문화가 최고 속도로 발달하는 이때! 우리의 생활에 있어서도 새로워지지 않은 것이 없지 않습니까! 유행이란 나쁜 방면으로 폐해가 있지만, 좋은 방면으로 인도한다면 한없이 좋을 것입니다! 유행의 시작은 바로 거리! 오늘부로 경성의 모든 것이 바뀌는 순간을 마주해보시겠습니까? 새로운 유행에 한 걸음 더 나아가셔야지요! 다들 뒤처지고 싶진 않으시지요?"

채령의 뒤에 조명이 환히 켜지고 경희와 점순이가 '장신구를 기부하면 의복 감상회 모델의 기회를 드립니다!'라는 현수막을 들었다. 채령의 외침에 몰려드는 사람들 사이로 순이가 종이 상자를 들고 돌아다니기 시작했다.

점순이 부끄러운 듯, 얼굴이 붉어진 상태로 경희에게 물었다.

"이런다고 사람들이 올까?"

쉽사리 답하지 못하는 경희 대신, 그 질문에 채령이 명쾌하게 답했다.

"아무것도 안 하면 바뀌지도 않겠지."

채령이 싱긋 웃고는 사람들을 향해 큰소리로 외쳤다.

"이 상자에 준비해오신 장신구들, 지금 하고 있는 것도 좋으니까. 가장 반짝거리는 것들로 가져오세요!"

지나가던 행인이 채령에게 물었다.

"모델이 뭐요?"

"모델은 엄청나게 멋진 것이지요. 무대에 딱 올라 남들은 한 번도 입어보지 못한 옷을 맨 처음 입고 자랑할 수 있거든요."

슬금슬금 사람들이 몰렸을 때, 순이가 현수막 뒤에 서 있던 정아를 인파 쪽으로 밀쳤다. 채령이 눈빛과 입모양으로 '어서'라고 하자, 정아는 머뭇거리던 표정을 지우고 인파 사이로 걸었다. 경희가 지난밤을 새워 만들어 준 자신의 옷을 입고 말이다. 당당하게, 고개를 들어 목을 쭉 빼고, 어깨와 귀 사이는 멀게, 시선은 더 멀리, 정아가 입은 진보랏빛 투피스 양장은 사람들의 이목을 끌기에 확실한 옷이었다.

그리고 채령은 본가에서 가져온 전축을 책상 위에 올려놓고 손잡이를 돌렸다. 그러자 흥겨운 음악이 거리의 여인들 가운데에서 울려 퍼졌다. 음악이 퍼지는 것처럼, 정아의 구두 소리가 또각 또각 경성 거리 중심을 가로질렀다. 정아의 뒤로 순이가 자켓을 벗고서 입고 있던 옷을 뽐냈다. 사람들이 주변에 몰리기 시작하면서 쯧쯧거리는 사람들 역시 늘어났다. 순이는 인파 사이를 당당히 걷다가 쯧쯧거리는 한복을 입은 대감의 앞에 섰다.

"욕하고 싶어요? 그럼 와요. 와서 직접 봐요. 우리가 뭘 할지 궁금하죠?"

점순이 이제 몰려든 사람들 사이에 전단지를 뿌리기 시작했다. 사람들이 하나둘 전단지를 손에 들었다.

> 오는 16일 오후 8시 30분!
>
> 중앙기독청년회관에서
>
> 조선 유행 여자 의복 감상회 개최!
>
> 조선옷을 현대에 조화시킨 요괴들의 옷!
>
> 종래에 없는 회합이라!
>
> 화려함을 떨칠 것이니!
>
> 많이 구경하러 오라!

한 사내가 전단지를 받아들자, 순이가 그 사내를 올려다봤다. 누군지는 알 수 없었지만, 눈빛이 차게 변한 상태로 전단지를 읽더니, 난데없이 현수막을 들고 있던 경희에게 곧장 걸어 갔다. 그러고는 손목을 잡고 끌고 나갔다. 축음기를 돌리던 채령이 경희를 붙잡았다. 언젠가 연회의 멀리 떨어진 자리에서 본 적이 있는 이였다. 수훈이 그 거리에 등장한 건, 전혀 예상하지 못한 일이었다. 경희가 채령을 보고 눈짓했다. 괜찮다고.

* * *

수훈은 경희를 끌고 좁은 골목길로 향했다.

"천하게 거리에서 옷을 입고 활보하는 거냐?"

"보러 오세요. 제가 어떤 것을 준비했는지."

"달라질 것 같지? 너만 그렇게 잘나서 막 선구자가 된 것 같지? 다 똑같다. 너나 나나 다를 게 없다고! 결국 끝내 넌 미국에 가질 못할 테니까."

경희가 여유롭게 웃었다. 조급해 보이는 표정이 이제야 명확히 보였다.

"괜찮습니다. 미국에 갈 필요가 없어졌으니까요. 전 제 옷을 완성했거든요. 스승님께는 무엇이 있으십니까?"

경희가 양복점 '러키라케'가 있는 곳을 가리키며 물었다.

"저 안에는 스승님만의 것이 있습니까?"

"뭐?"

214

"참 불쌍하십니다. 보러 오세요. 제자가 얼마나 성장했는지 보여드릴 테니."

경희는 그 말을 마치고 뒤돌아, 채령이 있는 거리의 중앙으로 달려갔다. 좁은 골목에 남은 건, 수훈뿐이었다. 수훈의 손바닥엔 손톱자국만 깊게 남았다.

러키라케로 뛰어들어온 수훈은 매대에 걸려있던 옷들을 찢어버리고 쓸어버렸다. 양복점에 들어오려던 손님들도 놀라 뒤로 도망쳤다. 옷을 찢어내고 찢어내도 경희의 흔적을 완벽히 지우는 것이 불가능했다. 경희가 말했던 것처럼 이곳에 수훈 본인만의 것은 전혀 없었으니까. 그렇게 난리 통이 벌어진 와중에 러키라케의 문을 열고 들어온 이는 야마토였다.

"뭐야, 이리 굴을 파고 있었나?"

수훈은 더 이상 생글거리는 표정과 말투가 아니었다. 저놈이 완전히 망쳐버린 게 아닌가. 그 연회에 굳이 그 옷을 입고 와서는 모든 것을 들키게 만든 주범. 무너질 때에 다른 사람의 탓으로 돌리는 건, 아주 간단하고 비겁한 자기 방어였다.

"대체 그 계집이 뭐였기에 이러는 거요?"

"천재란 말이오. 단번에 바로 알아챌 수가 있소."

수훈이 갈라지는 낮은 목소리로 답했다.

"범재란 말이오. 단 한 번에 바로 알아챌 수가 없소. 그래서 범재는 포기를 못 하지."

수훈이 깔깔거리며 자조적인 웃음을 흘렸다. 수훈의 손에 이전에 없던 굳은살들이 박혔다. 한동안 잡지 않던 재봉틀을 최근엔 매일 잡고 있었다. 증명하고 싶었다. 경희가 없어도 된다는 걸, 모든 건 다 자신의 덕분이었다는 걸, 하지만 되려 확신으로 돌아온 건, 자신의 한계였다.

"고작 개가 사라진 지 한 달밖에 안 지났는데, 이리 된 걸 보면, 나도 참 쓸모가 없소."

야마토는 수훈의 처진 어깨를 보며, 갖지 못할 것을 가지려 하는 자의 뒷모습이 저런가 싶었다. 그러고는 양복점 안에 있는 전신거울에 자신을 비춰보았다.

"평생을 바쳐서 얻은 곳이 이 양복점이야. 한때는 믿었다고 나도. 언젠가 나만의 옷을 만들 수 있다고. 근데 이제는 믿지 않지. 나에게는 재능이 없는 걸, 그 아이 때문에 알았거든."

"그래도 고마워해. 재능이 없다는 걸 알려준 건 좋은 일이야. 그걸 포기할 기회를 준 거잖아."

"뭐?"

야마토는 자신의 허리춤에 있는 총을 매만졌다. 군인의 아들로 태어나, 그 뒤를 잇는 것이 당연했던 삶이었다. 그런 삶에서 유일한 일탈이 소설을 쓰는 일이었다. 집안 몰래 글쓰기 모임에 나갔던 것도 야마토에게는 계기적 사건이었다. 그러니까, 소설 속에서 제일 먼저 쓰게 되는, 아니 써야만 이야기가 전개되는, 일상에서 비일상으로 주인공이 튕겨져 나가는 사건 말이다. 그리고 그 모임을 이끌던 이가 야마토가 되었을 때, 채령이 그 모임에 새로 들어왔다. 아무도 비판하지 않았던 야마토의 소설에 대해 채령은 그저 한 마디했다.

"자기합리화에서 그치는 것밖에 도달하지 못하고 있네."

"뭐?"

"소설 속 모든 인물이 자기연민으로 가득 차 있다고."

"인간은 원래 스스로 연민하는 존재야."

"바뀌려는 시도조차 하지 않는 게 네가 하고 싶은 말이야?"

"그런 게 원래 인간임을 말하고 싶을 뿐이야."

"아, 그렇구나."

싱겁게 넘어간 그날의 대화 이후로 한 번도 채령은 야마토의 소설을 칭찬하지 않았다. 어쩌면 일부러 그런 게 아닐까 싶기도 했다. 야마토는 채령의 마음에 드는 소설을 쓰기 위해 글을 쓰기 시작했으니까. 채령의 의도가 어땠든, 야마토는 집착했다. 대체 저 여자에게 인정받기 위해선 어떻게 써야 하지, 변화하는 주인공을 쓰면 동력이 부족하다고 했고, 동력을 쓰면 작위적이라고 했다, 의식의 흐름대로 쓰면 원하는 바를 모르는 바보라고 했다. 글쓰기 모임이 끝나고 나서, 야마토는 참고 참다 채령에게 분노했다.

"대체 뭐가 문제라서 내 소설들을 트집 잡는 거야?"

"진짜 미안한데, 내 의견이 너한테 그렇게 중요해? 왜 내 입맛을 맞추려고 해? 나도 내 입맛을 모르는데. 그러니까, 네 소설이 자꾸 이상해지잖아."

"뭐라고?"

"설마 너 글 쓴다면서, 네 글에 대한 비판을 너에 대한 비난으로 생각하는 건 아니지?"

야마토는 그날 이후로 한동안 글을 쓰지 않았다. 그것은 체념이자, 인정이었다. 자신은 재능이 없다는 인정. 어쩌면 먼 훗날 채령에게 진심으로 고마워할지도 몰랐다. 분명, 그날로 인해 자신의 더 큰 좌절이 찾아오지 않게 되었을 것이다. 물론, 마지막으로 쓴 소설로 인해 사람이 죽어버렸지만. 저이처럼 바닥을 기는 일이 없어서 다행이라고 생각했다.

"범재란 말이오. 결국 버티고 버틴다. 단번에 무너지는 법이지. 헛된 희망에 속으면서, 가능성에 내 온몸을 바치면서!"

분노한 수훈이 여태 그대로 두었던 경희의 책상을 발로 차 밀어버리고 넘어뜨렸다. 경희가 떠난 후로 양복점은 전혀 관리되고 있지 않았다. 와르르하고 버리는 천을 담아두는 통이 쓰러졌다. 원래라면 경희가 정해진 날에 버렸겠지만, 그냥 쌓아둔 것이 한 달이었다. 수훈은 죄 없는 천들을 밟으며 화풀이를 했다. 그 순간이었다. 수훈의 거듭된 발차기 속에서 그 안에서는 총알이 스쳐 탄 자국과 피 묻은 흰 셔츠 조각이 튀어나왔다. 의아한 표정으로 흰 셔츠에 묻은 검은 흔적의 냄새를 맡은 수훈은 확신했다. 이건 화약냄새였다!

온갖 패악질을 부리던 수훈을 바라보며 잠잠해지길 기다리던 야마토가 쯧쯧 혀를 찼다.

"어이, 지금 나 할 말 있어서 왔다고. 아니 왜 의복 감상회라는 걸 한다는데, 거기에 나와 아주 인연이 깊은 이가 있거든. 어때? 같이 작업하나 해보는 게."

그런 야마토의 제안에도 수훈은 뒤돌아 자신이 쓰레기 더미 안에서 발견한 셔츠 조각만 볼 뿐이었다. 수훈의 무시를 참고 참던 야마토가 쪼그려앉아 셔츠만 꽉 쥐고 있는 수훈을 발로 찼다. 수훈의 손에서 흰 셔츠가 떨어졌다.

"뭔데 그래?"

"이전에 말하셨죠? 요즘 의열단이라는 무력단체가 활개를 친다고."

"그래, 걔네 때문에 미치겠어. 왜?"

"이 시대는 천재고, 범재고, 까딱하면 죽어버리는 시대지요."

"무슨 얘기가 하고 싶은 건데?"

"망하게 하고 싶은 거 아닙니까? 의복 감상회? 그냥 엎어버리고 싶은 거잖아요. 그거 하나는 나랑 목적이 똑같을 것 같아서."

"뭘 말하고 싶은 거야?"

수훈의 눈빛이 빛나며 흰 셔츠를 야마토에게 내밀었다.

"결정적 증거지. 대일본제국을 무너뜨리려 한다는 작은 발악의 증거."

* * *

승효는 극장 앞에서 누군가를 기다리고 있었다. 어느 사내가 가까이 다가와 승효의 앞에서 영화 티켓을 떨궜다. 티켓을 주우려 하던 승효가 들고 있던 영화 티켓과 바닥에 떨어진 영화 티켓을 바꿔치기했다. 영화 티켓 뒤편에는 작은 암호가 적혀 있었다. 승효는 그 암호 문자를 재조합하여 그 의미를 찾아냈다.

여러 동지들이 모아온 독립자금을 상해로 전달할 예정이다.
오는 15일 이군을 만나 같이 상해로 가라.

쥐 죽은 듯, 영사실 안에 숨어 있던 승효가 드디어 먼 길을 떠날 날이 되었다.

7. 편집

거리에서의 작은 쇼로 돈은 해결했지만, 예상하지 못한 복병이 기다리고 있었다. 거리에서의 깜짝쇼로 인해 사람들 사이에 더 널리 의복 감상회를 한다는 소식이 전해졌고, 잡지사 건물에 투서가 날아들기 시작했기 때문이다. 아무런 문제가 없던 것들을 건드리는 불온한 존재들이라고 했다. 고작 '옷'이라며 비아냥거리는 사람들 투성이였지만, 그건 되려 채령에게는 기쁜 일이었다. 고작 옷이라면서 이런 반응을 해주다니. 채령이 투서들을 한 장 한 장 읽으면서 웃자, 깨진 창문 조각을 정리하던 경희가 물었다.

"괜찮으십니까? 이리 사무실이 난장판이 되었는데?"

"당연히 괜찮지. 우리가 원하는 대로 흘러가고 있는 걸?"

경희가 이제는 열고 닫을 필요가 없어진 창문을 바라보며 어깨를 들썩했다. 이 모습이 진짜 바라던 거라고? 이해할 수 없다는 경희의 표정에 채령이 말을 덧붙였다.

"경성 거리 모두가 인정하고 있다는 거잖아. 옷이라는 게 그냥 단순히 옷이 아니라는 걸. 옷이야말로 가장 쉬운 선전 도구니까 두려운 거지. 혹시라도 이상한 물을 들일까. 그런 옷을 입을 마음도 없던 사람들의 마음까지 움직일까."

만족스러운 표정으로 투서를 읽어가는 채령을 두고 경희는 깨진 창문 조각들을 바라봤다. 비바람을 막아주던 것들이 부서져 버렸다. 뭔가 불안해졌다. 닫을 필요가 없어진 창문을 통해 초여름의 바람이 들어왔다.

쾅, 쾅, 쾅.

사무실 문을 거세게 내려치는 소리가 들려왔다. 경희와 채령의 시선이 일순간에 사무실 문을 향했다. 문밖에서 순이의 목소리가 들렸다.

"뭐 하시는 겁니까!"

사무실 안에 있던 경희와 채령의 시선이 빠르게 오갔다. 순이는 깨진 집기들을 버리러 간 참이었다. 뒤이어 문이 열렸고, 순이는 불안한 눈빛으로 문밖에 있던 이들을 안내했다.

"들어오시지요."

사무실 안으로 야마토와 함께 순사들이 들어왔다. 채령의 눈썹이 들썩였다. 언젠가는 마주할 일이었다. 경성에서든, 동경에서든, 지긋지긋한 인연이었다. 경희는 이전 연회에서 자신이 쪽가위로 단추를 잘라낸 이임을 알아채곤 급히 고개를 숙였다. 손끝이 잘게 떨렸다.

"이제 잡지사 신주여에서 출간되는 인쇄물들은 모두 검열 대상이오."

"허!"

채령은 비웃으며 야마토에게 물었다.

"원래도 검열하셨었는데, 무얼 더 하시려고요?"

야마토가 비릿한 미소를 지으며 채령에게 다가와 작게 속삭였다.

"네가 전하고 싶은 것들은 다 왜곡될 거야. 모조리 있는 그대로 나갈 수가 없어. 내가 그렇게 만들 거거든."

"너는 참 여전하다. 뭐가 그렇게 무섭니? 뭐가 그렇게 무서워서, 안달복달이야. 진실이 밖에 나가는 것이 여전히 두렵니?"

야마토의 커다란 손이 채령의 멱살을 잡아 올렸다. 채령이 입고 있던 블라우스의 단추들 몇몇이 아래로 떨어졌다.

"두렵지 않아!"

"나는 여전히 네가 참으로 싫다."

야마토의 유독 얇은 입술이 들썩였다. 언제였더라. 채령을 만족시킬 소설을 쓰던 때였다. 그리고 마침내 본심을 고백했다. 연인이 되고 싶다고. 그 순간, 채령은 어떠한 고민 없이 답했다.

"나는 너를 좋아하지 않아. 그것이 내 답이야."

"이유가 뭔데? 네가 조선인이고 내가 제국민이라서?"

"이유 한 번 너답다. 그냥 네가 싫은 거야."

소설 쓰기를 멈추게 한 것도 채령, 다시 쓰게 한 것도 채령이었다. 정복하지 못한 대상에 대한 삐뚤어진 집착과 연민은 채령이 주인공인 소설로 탄생했다. 그 소설 속에서 채령은 원색적으로 그려지고 있었다. 물론 주인공의 이름이 채령과는 달랐지만, 좁디 좁은 동경 유학생 사회에서 누가 누구인지 알아차리는 것은 쉬웠다. 그 원고가 문예지에 발표되어 채령이 소설 속 인물로 여겨지던 때에 유학생 중 한 명이던 여학생이 소설 속의 모습대로 스스로 생을 마감했다. 그 여학생이 그 소설 속 주인공의 모습대로 죽자, 어설프게 알던 사람들이 그 소설 속의 인물이 채령이 아니라 그 여학생이었나보다라며 갑자기 채령에게 사과했다. 오해해서 미안하다며. 그렇게 죽은 여학생은 공공연하게 알려진 채령의 제일 친한 동무이자 룸메이트였다. 그리고 채령의 연인이기도 했다. 그날 이후 채령의 오열은 가장 친한 동무의 상실로 여겨졌다. 채령이 그 동무가 자신의 연인이었음을 밝혔을 때에는 이미 모두의 관심 밖의 일이었다. 이미 지나가 버린 비극은 입방아를 떨 이유가 사라졌으니 말이다. 채령은 그곳에서 버틸 힘을 온전히 잃었었다.

여전히 눈앞에 사지가 멀쩡한 채 서 있는 야마토에게 저항하지 못한 채 서 있는 모습에 채령은 손을 꽉 쥐었다. 아직은 때가 아니다. 야마토가 한쪽 입꼬리를 올려 비웃었다.

"네가 하려는 게 원래 그런 거야. 글이라는 게, 편집되고 해석되면, 원래 의미를 잃기 가장 쉽잖아. 안 그래? 네가 직접 겪었잖아? 너는 왜 그렇게 늘 무용한 것을 좇는 거야? 아무것도 남지 않

는 것에 힘을 쓸지?"

야마토와 함께 들어온 순사들은 신주여 사무실에 있던 원고들을 모두 챙기고 있었다. 순이와 경희가 막아보지만, 손 쓸 수가 없었다. 채령은 야마토의 뒤편으로 무수하게 편집될 자신의 원고들을 바라봤다.

"앞으로 순탄하진 않을 거야."

야마토가 말했다. 그 순간, 채령의 터져버린 웃음 소리가 사무실을 채웠다.

"하하하하하"

그 웃음에 순사들도, 순이와 경희도 놀라 채령을 바라봤다. 누가봐도 웃을 수 없었으니까. 한참 웃다 찔끔 흘러나온 눈물을 닦아낸 채령이 잠시 숨을 고르곤 말했다.

"야, 난 한 번도 순탄했던 적이 없어."

* * *

"대체 무슨 일이야?"

늦은 밤이었다. 난장판이 된 신주여 사무실에 온 현우는 당황한 표정으로 물었다. 채령은 그저 고개를 저었다. 설명할 힘이 없다는 뜻이었다. 현우가 주섬주섬 원고들을 주워 책상 위에 올렸다.

"고생했다."

"아, 그냥 너랑 혼인할까?"

"아, 이러면 안 되지. 너랑 나는 아니야. 알잖아?"

현우가 기겁하며 뒤로 물러섰다.

"농담이다. 농담이야."

채령이 어이없다는 듯 웃었다. 현우는 슬쩍 다시 채령이 앉아있는 책상에 가까이 왔다.

"대체 무슨 일로 부른 거야. 술이라도 같이 마실까? 아니면 여기 사무실에 힘쓸 일이 있나? 근데 나 힘쓰는 일은 잘 못하는 거 알지?"

"아이고, 알죠. 도련님."

"무슨 일인데, 급하게 불렀어?"

채령이 잠시 생각하며 책상 위로 의미 없이 손가락을 두드렸다. 이게 최선의 선택일까 싶었다. 그래, 이것도 새로운 방법이 되겠지.

"부탁할 게 있어. 촬영을 좀 해줬으면 해. 우리가 준비하는 의복 감상회를 기록하는 일이야."

"응?"

"우리의 이야기를 영상으로 기록해 달라고. 다큐멘터리 말이야. 돈은 못 줘. 그래도 괜찮을까?"

채령의 말을 못 알아들은 것이 아니었다. 현우는 부탁하는 채령의 모습을 보며 이번 부탁이 자신에게 하는 마지막 부탁일 거라는 느낌이 들었다. 이번 의복 감상회가 끝나면 어디론가

226

훌쩍 떠나버릴 듯했다.

"왜? 나야?"

"내가 그래도 너 앞에서는 솔직한 편인 것 같아서. 부탁할게."

8. 다큐멘터리

　현우는 최근 일본 순사들의 위대한 면모를 드러내기 위한 선전영화를 찍고 있었다. 영화라기보다는 영상물에 더 가까운 것으로 여겼지만, 그건 중요한 게 아니었다. 같이 다니는 순사부장은 이 영화가 신영극장에 곧 올라가게 되는 거냐며 잔뜩 신난 듯했다. 현우는 자신의 손에 들린 카메라가 더욱 묵직하게 느껴졌다.

　"언제쯤 개봉할 수 있겠습니까?"

　"글쎄요. 우선 다 찍어야지요."

　"특히 어린 순사들이 기내가 커요. 주인공이 되는 거니까."

　순사들의 강인한 모습을 연출하기 위해 아래서 위로 카메라 렌즈를 올린 현우는 뷰파인더 속 얼굴을 살폈다. 모두가 다 똑같이 비장한 얼굴을 하고 있었다. 똑같은 표정과 한치의 흔들림 없는 구호, 제복 안의 이들을 주인공이라고 볼 수 있을까? 이제 그들은 이 장면 이후로 위기에 빠진 사람들을 구해내려 출동할 것이고, 그것은 정의로운 사도의 모습으로 그려지게 될 것이다. 너무나 당연하게도 그렇게 촬영하고 편집할 사람은 바로 자신이었다. 뷰파인더로 만들어진 프레임 바깥의 세상은 자연스럽게 편집되어 영상 속에 담기지 않는다. 그런 것을 배워왔다. 프레임 안에 담고, 동시에 배제하는 일, 카메라 렌즈 중심에 주인공을 만드는 일, 이런 영화를 신영극장에 올린다고 했을 때, 나는 부끄럽지 않을 수 있는가?

한창 순사들이 달려가는 장면을 촬영하고 있을 때였다. 그런데, 어린 소년이 현우에게 작은 쪽지를 건넸다. 현우는 그 쪽지를 매만졌다. 아, 때가 왔다. 당당할 수 있는 순간이 왔다.

* * *

"절 기억하시겠습니까? 제가 어디 가서 쉽게 잊히는 얼굴은 아닌지라."

현우의 능글맞은 등장에 채령은 아차 싶었다. 저 아이는 저런 아이였지. 채령이 지긋지긋하다는 듯 고개를 젓는 와중에도, 경희는 현우의 말에 해맑게 웃었다. 정말 반가운 얼굴이었다. 보고싶은 사람이었다. 이전보다 살짝 기장이 길어진 머리였다. 뒷머리가 살짝 목을 가리고 앞머리가 길었다. 처음 보았을 때보다 훨씬 부드러워진 인상이었다. 경희는 현우를 보면서 깨달았다. 오랫동안 기다렸구나 하고.

"좋아 보이십니다."

"그대도. 짧은 머리도 잘 어울리는군요."

경희와 현우의 짧은 재회는 자신 역시 다큐멘터리에 등장하고 싶다며 빌려 들어온 이들에 의해 마무리되었다. 현우는 의복 감상회 무대 위에 오르는 사람들의 이야기를 카메라에 담았다.

"무대 위에 서게 된 이유가 뭡니까?"

카메라를 든 현우의 질문에 입을 연 그들은 각자의 사연을 털어놓았다. 그들은 제작기 다른 옷을 입고, 제각기 다른 이유로 무대에 서기로 한 사람들이었다. 이들은 각자 프레임 안의 주인공으로 말하고 있었다. 묵직하던 카메라의 무게가 기분 좋게 느껴졌다. 자유, 욕망, 분노, 재미가 뒤섞인 현장이었다.

정아가 카메라를 들고 촬영하는 현우에게 다가와 새침하게 물었다.

"혹시 잘 아는 모던보이는 없습니까? 집안에 돈이 많으면 좋은데"

"쯧!"

현우가 답을 하기도 전에 곁을 지나는 순이가 그런 정아를 한심하게 보고 혀를 찼다.

"왜 시비야?"

"너야말로 부끄럽게 하지 마."

"왜 부끄러운데? 나 부끄러운 일 한 적 없는데?"

순이는 얼마 전에 아버지와 새엄마의 혼례식에 다녀온 참이었다. 괜히 모던보이 한 명을 붙잡아 인생을 바꿔보려는 정아의 태도가 불쾌했다. 스스로 나아질 생각은 않고 저리 헤프게.

"이해할 수가 없으니까."

"너한테 이해해달란 적 없는데?"

중간에 있던 현우가 순이와 정아 사이에 껴서 중재했다. 순이와 정아는 서로 등 돌리고 걸어갔다. 이번 일이 아니었다면 엮일 일 없는 이들이었다. 그래, 이번 일만 끝나면 볼 일 없어.

일정이 밭아지자, 작업실 안에 함께 바느질을 해주는 여인들이 늘었다. 그들은 모델이기도 했고, 무대 아래를 담당하는 이들이기도 했다. 작업실에 모인 여인들의 바느질 덕에 경희가 디자인한 옷들의 준비가 훨씬 빨라졌다. 바느질이라고는 잘 해본 적이 없던 순이가 서툴게 바느질을 하자, 정아가 순이가 들고 있던 천을 빼앗았다.

"왜 시비야?"

이번엔 순이가 물었다. 정아가 약 올리듯 말했다.

"너무 귀한 분이신지, 바느질 하나를 못 하셔서요. 이렇게 하시면 일을 두 번 해야 한답니다!"

이번에 정아가 한 말에는 틀림이 없어서 순이는 반박하지 못하고 자리를 떠났다. 정아는 한 방 먹였다는 생각에 즐거웠다. 한편, 점순이 재봉을 할 때면, 다른 여인들이 점순의 아이를 돌봐줬다. 아기의 울음소리가 작업실에 울려 퍼질 때면, 자식 여럿을 키웠다는 이가 돌아가며 아이를 안았다. 아기는 점순의 품보다 이들의 품을 편안해하기도 했다.

"어쩜 그렇게 잘 달래십니까?"

"해봐야 늘어. 나라고 처음부터 잘 했을까."

나이를 불문하고 모인 여인들이 작업실을 가득 채웠다. 낮밤을 오가며 돌아가는 재봉틀과 바느질 덕분에 정해진 날짜까지 절대 하지 못할 것 같았던 작업들이 서서히 끝이 보이기 시작했다. 경희는 그 가운데서 누구보다 쉬지 않고 재봉틀을 돌렸다. 작업하던 여인들은 꼭 경희에게 확인을 받았다. 경희의 확인까지 받은 옷들은 옷걸이에 걸려 완성품이 되었다. 경희는 옷걸이에 걸린 옷들을 세었다. 현우는 옷을 바라보는 경희의 표정을 카메라에 담았다. 한 번도 보지 못했던, 잔뜩 상기된 표정이었다. 들뜬 얼굴이었다.

"기분이 어떻습니까?"

현우의 질문에 카메라를 돌아본 경희가 살짝 웃었다.

"더할 나위 없이 좋습니다. 그런 직감을 아십니까? 이런 기분은 이번이 처음이자 마지막일 거란 직감 말입니다."

경희가 다시 재봉틀 앞에 앉고 현우의 카메라가 신나게 필름을 돌리는 동안, 채령이 소란스러운 현장을 정리했다. 그러고는 칠판 위에 의복 감상회의 무대를 공개했다. 두근거리는 순간이었다. 현우의 카메라가 칠판을 가득 담았다. 그 안에는 기다란 무대가 그려져 있었다.

"조선 여자 유행 의복 감상회는 중앙기독청년회관에서 이뤄질 예정입니다. 회관의 정문을 열어 기다란 무대를 설치할 예정입니다. 실내에서 출발한 모델들은 회관 밖에 있는 야외무대까지 걸어갈 거예요."

"왜 기다란 무대로 저리 바깥까지 나가는 겁니까?"

"저희가 이 의복 감상회를 하는 건, 더 많은 사람에게 우리가 입는 옷이 요괴들의 옷이 아니고, 사치품이 아니고, 삶을 위한 것임을 알리는 데 있습니다. 그러니 더 많은 인원이 보려면 바깥까지 걸어 나가야지요. 물론 안에서만 진행하면 안전하고 관리도 쉬울 겁니다. 그렇지만, 우리의 뜻을 알리기 위해서는 바깥으로 걸어나가야 하지 않겠습니까?"

채령의 설명을 들은 사람들은 고개를 끄덕였다.

"여기 모이신 모든 분들이 다 다른 이유로 오셨겠지만, 무대에서는 같은 곳, 같은 방향으로 가시게 될 거예요. 그건 우리가 이곳에 함께 모인 이유일 겁니다. 이 설계는 제 동무이자 이번 의복 감상회를 기획한 최순이가 그렸어요."

채령의 소개에 순이가 칠판 앞에 서서 90도로 허리를 꺾어가며 인사했다. 잔뜩 뿌듯하다는 표정으로. 정아를 바라보면서는 나는 이것도 할 줄 안다며 으스대면서. 그런 눈빛을 눈치챈 정아는 고개를 슬쩍 돌렸다. 정말 마음에 안 드는 이다.

그들이 그러거나 말거나 작업실에 모인 사람들은 박수를 보냈다. 그들이 무대에 서는 날이 정말 얼마 남지 않은 것이다.

이제 의복 감상회까지 이틀이었다.

9. 안녕

똑, 똑, 똑.

늦은 밤, 작업실에 홀로 있던 경희를 찾아온 건, 승효였다. 푹 눌러쓴 모자에 낡은 자켓, 멜빵바지, 그리고 새 셔츠를 입은 채였다. 경희는 문을 열어주는 순간, 승효가 무슨 말을 하러 왔는지 알 것 같았다.

"이제 방 혼자 쓰셔도 됩니다. 내가 방세는 몇 달치를 미리 내었으니 걱정하지 마시고."

그런데, 경희의 눈은 살짝 붉은 채였다.

"울었어요?"

"아뇨, 아닙니다. 잠시 들어왔다 가시겠습니까?"

경희가 작업실 안으로 안내하자 승효의 눈앞에 화려한 옷들의 향연이 펼쳐졌다. 반짝이고 귀한 것들을 모아놓은 모습들이었다. 그리고 옷들은 각각의 이름표를 달고 옷걸이에 걸려 있었다. 칠판에는 무대를 걷는 순서와 선보일 옷들의 순번이 적혀 있었다.

감탄하는 승효를 보며 경희가 뿌듯하게 말했다.

"볼 만하죠?"

"완전 볼 만하네요."

승효는 경희의 책상 위에 놓인 천을 바라봤다. 마무리 작업으로 노란 수선화들을 치맛단에 수놓는 중이었던 모양이다. 천을 매만지던 승효가 물었다.

"도와줄까요?"

"수 놓을 줄 알아요?"

"설마 못 할까?"

경희는 승효가 수놓는 모습을 보고 놀랐다. 아주 능숙한 손놀림이었다. 승효의 빠른 손놀림에 완벽한 수선화가 천 위에 피어났다.

"봐요. 잘하죠? 우리 단원들이 옷이 뜯어지면 바느질 전담이 나였다고요. 어때요? 도와줄까요?"

그 말을 기다렸다는 듯, 경희는 조심스레 등 뒤에 있던 옷들을 내밀었다. 꽤 많은 양에, 승효가 당황해서 바라봤다.

"오…… 이 정도면 내가 도와주겠다는 말을 기다린 거 아니에요?"

"이웃방 손님께서 잘하신다면 제가 거절할 이유가 없죠."

승효와 경희는 나란히 수를 놓으며, 도란도란 떠들었다. 작게 웃고, 작게 말했다. 어떠한 일도 일어나지 않을 것 같이 평화로웠다.

"멀리 가나보네요. 이리 찾아온 걸 보니?"

"네. 나중에 꼭 다시 봅시다. 독립된 조국에서. 꼭 잘해요. 그 거사, 의복 감상회."

승효가 수 놓던 천을 내려놓고 일어났다.

"끝! 전 이제 가볼게요."

"아, 잠시만요!"

아, 경희가 뭔가 기억난 듯, 승효를 붙잡았다. 그러고는 자신이 작업하던 책상 서랍을 뒤적거리며 봉투를 하나 꺼냈다.

"뭡니까?"

"선물이에요."

승효가 경희에게 건네받은 봉투를 뜯었다. 그 안에는 짙은 갈색의 가늘고 기다란 형태의 넥타이가 있었다. 만지기만 해도 느껴졌다. 귀한 원단이었다.

"저는 넥타이가 정장의 중심을 잡아준다고 생각해요. 목이 길고, 마르신 편이니 넓은 넥타이보단 길고 가는 넥타이가 훨씬 잘 어울릴 것 같았는데, 괜찮겠네요. 넥타이 맬 줄은 아시죠?"

승효가 멋쩍은 미소와 함께 고개를 저었다. 아, 깨달은 경희가 다시 넥타이를 건네받아 승효의 목에 넥타이를 매주었다.

"이런 넥타이는 원래 전쟁을 나가는 군인들의 안녕을 바라기 위해서 생겨난 거였대요. 부디 무탈하세요."

"이렇게 셔츠 하나, 넥타이 하나 받았으니, 다음에는 재킷을 받으러 오겠습니다. 그럼 귀한 양장 완성이네요."

승효가 너스레를 떨었다. 경희는 눈앞의 승효를 보며 불안한 마음을 숨겼다. 불안함을 나누어 커질까봐 욱여넣었다.

"꼭 다시 봐요."

"좋습니다. 안녕히!"

* * *

승효는 어두운 강변에 서 있었다. 꽤 익숙한 곳이었다. 십여
년 전, 미국으로 가기 위한 배를 타기 위해 왔었던 곳이기도 했
다. 승효는 그날 자신 대신 다른 이를 태웠다. 그 사람은 일제
의 고문에 온통 상한 모습이었다. 미국에 간다고 해도 살아날
수 없을 것 같은 모습이었다. 기나긴 여정을 버틸 수 없어 보였
다. 그럼에도 그 사람을 대신 태운 건 가능성이었다. 스무살 남
짓으로 보이던 그 사람이 미국에 간다면 고작 열둘이던 자신보
다는 해낼 수 있을 것이 많아 보였다.

십여 년 전 그 자리에 서서 독립자금을 옮기는 임무를 맡다
니, 승효는 손바닥에 흐르는 땀을 닦았다. 매번 임무를 하면서
떨리는 손은 변함이 없었다. 이쯤되면 익숙해질 법도 한데, 승
효는 떨리는 손을 보며 자신의 두려움을 바라봤다. 여전히 계
속 살아남고 싶다는 의미일 터였다. 승효는 경희가 선물한 넥
타이의 끝을 매만졌다. 군인들의 안녕을 바라는 옷이라니, 유
독 귀한 원단인지 너무나 부드러웠다. 호언장담하듯 재킷을 받
으러 가겠다고 말했으나, 그럴 수 있을지는 오늘 밤이 지나야

알 수 있을 터였다.

좀더 시간이 흘렀을까. 약속장소로 한 여인이 걸어왔다. 한복을 입은 여인의 실루엣이 점점 가까이 다가왔다. 승효가 경계하듯 여인을 바라봤다. 가까이 다가오던 여인은 다리 밑에 있었다. 그리고 조용히 말했다.

"제가 이군입니다."

"제가 어찌 믿지요?"

어두운 다리 아래 그림자 속에 있던 여인이 그림자 밖으로 나와 달빛에 얼굴을 보였다. 승효는 기억해냈다. 분명 아는 이였다. 그때 그 사람이었다.

"이경순입니다. 그때 미국으로 갔었던."

승효는 서둘러 다가가 경순과 악수했다. 다행이다 싶었다. 그날 미국으로 대신 보냈던 그 사람이 이렇게 멀쩡히 살아있으니 그날의 선택이 완벽히 옳았다. 분명 안 될 일이라 생각했다. 그럼에도 그냥 했던 일이 눈앞에 살아나서 돌아왔다. 깨달았다. 될 수 있다고. 바뀔 수 있다고 말이다. 경순은 독립자금이 든 가방을 승효에게 건넸다. 먼 타국 미국에서부터 가져온 물건이었다.

승효의 손이 묵직해졌다. 경순은 편안한 표정으로 웃었다. 승효는 미리 준비해둔 쪽배가 있는 쪽으로 경순을 안내했다. 승효의 임무는 독립자금을 건네받고 상해로 전달하는 것 외에도 경순을 다시 미국으로 가는 배에 태우는 것까지였다. 이 강

238

변에서 쪽배를 타고 나가 항구에서 커다란 배로 갈아타야 하는 긴 여정의 시작이었다. 승효는 흙바닥에 숨겨져 있던 줄을 당겨 강 중간에 두었던 쪽배를 끌어당겼다. 강변에 쪽배가 닿았을 때, 경순을 그 안에 태웠다.

"이번에도 조심히 가셔요."

강변에 물안개가 뿌옇게 올라오고 있었다. 슬슬 해가 뜨는 모양이었다. 쪽배에 올라탄 경순이 싱긋 미소 지으며 말했다.

"얼른 돌아가세요. 이 안개가 걷히기 전에. 뒤도 돌아보지 말고!"

경순이 쪽배를 붙잡아주고 있던 승효의 어깨를 발로 찼다. 뒤로 밀린 승효는 엉덩방아를 찌으며 넘어졌다. 반동으로 쪽배가 강 중심을 향해 나아가고, 안개 속에서 노 젓는 경순의 모습이 보였다. 벙찐 표정으로 앉아 있던 승효는 대체 이게 무슨 일인가 싶었다. 점차 강 중심으로 나아가는 쪽배의 모습을 보던 승효는 바지에 묻은 흙을 털어내고 있었다.

그 순간이었다. 총성이 승효의 귓전을 때렸다. 안개 속 노 젓던 경순의 모습이 배 아래로 떨어졌다. 승효는 뒤도 돌아보지 말고 도망치라는 경순의 말은 뒤로 하고 물속으로 뛰어들었다. 아직, 아직은 희망이 있을지도 모른다. 총성이 강물 위로 쏟아졌다.

이제 의복 감상회까지 하루였다.

10. 재회

의복 감상회를 하루 앞둔 날이었다. 현우가 이른 아침부터 작업실로 찾아왔다. 경희는 크게 뜬 눈으로 현우를 바라봤다.

"무슨 일이십니까?"

"며칠 동안 사람들 사이에 있느라, 단둘이 이야기할 시간이 없었던 것 같아서."

현우는 에스코트하듯 손을 내밀었다. 경희는 뒤돌아 아직 마무리하지 못한 옷들을 바라봤다.

"아주 잠시만 그대를 빌립시다. 쉬는 시간도 필요하니까요."

현우가 데려간 곳은 중심가를 살짝 벗어난 곳에 있는 카페였다. 현우와 오랜만에 낮에 걷는 일은 신선했다. 현우는 항상 한 번도 걸어본 적이 없는 곳으로 안내했다. 카페에 문을 열고 들어가 테이블에 앉았다. 달달한 커피 냄새가 가득 차 있었다.

"커피는 좋아하십니까?"

"아뇨. 잘 안 마셔봤습니다."

"완벽하군요."

현우가 카페 여급을 불렀다. 카페 여급이 다가와 테이블 옆에 서서 메뉴판을 건넸다. 경희가 옆에 선 카페 여급을 바라봤다.

"손님 주문은 어떻게 하시겠습니까?"

잊을 수가 없는 얼굴이었다. 메뉴판을 든 카페 여급의 손이 살짝 떨렸다. 경희는 카페 여급 유니폼을 입고 있는 경순의 모습을 보자마자 어떤 소리조차 내지 못하고 눈물을 흘렸다. 십여 년을 잊지 않기 위해 되새기던 얼굴이었다. 친절한 미소를 짓고 있는 경순은 여전히 긴 머리를 하나로 묶고 있었고 작게 주름이 늘어 있었다. 그런 눈물을 흘리는 경희를 위해 현우가 손수건을 꺼내 건넸다.

"아니, 내가 잘못했다니까 그러네. 그대가 자꾸 그렇게 울면 나만 못난 남자가 되지 않소. 여기 여급이 날 어떻게 생각하겠소."

경희는 손수건을 받아들었다. 그냥 천이라기엔 빳빳한 느낌의 질감, 접힌 손수건 안에 쪽지가 접혀 있었다.

"주문 하시겠습니까?"

경희는 주문을 받고 있는 경순을 그저 말없이 바라봤다. 직감적으로 느껴졌다. 이 손수건은 경순의 것이라고. 그리고 마주 앉은 현우는 경순을 만나게 해주기 위해 이렇게 자리를 마련했다는 걸. 대체 왜 이런 방식으로. 경희는 슬그머니 경순의 주위로 감시하는 세력이 있다는 것을 조금씩 눈치채기 시작했다.

경희는 울먹이며 카페 메뉴판을 천천히 읽었다. 경순은 평범한 여급처럼 그 메뉴가 무엇인지 설명해줬다. 현우는 슬그머니 카메라를 들어 경순과 경희의 모습을 찍었다.

찰칵!

경순과 경희가 놀라 현우를 바라봤다.

"아니, 내 연인이 카메라 앞에서만 웃으니까. 자꾸 우니 웃어 보이라고 찍어봤소. 괜찮소?"

경순이 고개를 살짝 끄덕였다. 다시 한 번 찰칵 음이 울리며 경순과 경희는 처음으로 같은 프레임 안에 있었다. 그렇게 짧은 만남에 경순은 휴지를 건네주고는 현우와 경희가 앉아 있던 테이블을 떠났다. 현우가 경희의 옆자리로 옮겨 앉았다.

미국에서 유학하던 현우가 경순을 만나게 된 것은 예상하지 못한 일이었다. 현우는 우연한 기회에 들린 가게에서 마주한 경순을 보자마자 경희를 겹쳐 보았던 건, 오래도록 경희를 보고 싶어서라고 생각했었다. 그런 경순을 한인동포모임에서 만났을 때에야 알았다. 만세운동 때 미국으로 떠났다는 경희의 언니가 저 사람이라는 것을. 현우가 경희의 사진을 건네며 경순에게 경희와의 인연을 말했을 때, 엉엉 소리내어 울던 경순을 현우는 기억했다. 경희 앞에서 경순은 한 방울도 눈물을 떨어뜨리지 않았지만, 현우가 미국에서 만난 경순은 엉엉 소리내며 울었다. 경성으로 돌아가게 되었다는 현우의 말에 돌아온 경순의 부탁은 예상하지 못한 것이었다. 부잣집 도련님 후광에 숨어 경성으로 돌아가야만 한다는 그 말에 현우는 그제야 자신이 할 수 있는 일이 생겼다 싶었다. 현우는 경순과 함께 경성으로 돌아왔다. 그 일은 채령에게도 비밀이었다.

경희는 현우의 품에 안겨 오열했다. 차마 아직 경순이 건넨 쪽지의 내용조차 읽지도 못하고 엉엉 소리내어 울었다. 경순은 이미 카페 밖으로 나간 듯, 보이지 않았다. 현우가 작게 말했다.

"이번 의복 감상회가 끝나면, 같이 갑시다. 미국. 그대의 소원을 이루러."

"그래요. 이 일이 끝나고 나면, 이번엔 같이 떠나요."

"그대가 제 제안에 처음으로 단박에 예스라 답하는군요."

* * *

한편, 경순은 카페 유니폼을 벗고 새로운 옷으로 갈아 입었다. 그리고 경성 거리를 달렸다. 경순을 쫓아오는 사복 순사들을 피해 달렸다. 한창 달리던 경순은 승효가 일하던 극장, 신영극장 앞에 멈춰섰다. 경순은 한치의 머뭇거림도 없이 극장 안으로 달려갔다. 관객들이 모이는 영화관 안이 아니라, 경순의 발은 극장주 사무실로 향했다. 극장주는 책상에 앉아 시간을 확인하고 있었다. 이제 영화가 끝나고 사람들이 밖으로 몰려 나갈 것이다. 사람들 사이로 숨어서 도망치기 좋은 시간대였다. 동시에 그런 사람들 사이로 연어처럼 극장에 몰래 숨어

들기도 좋은 시간대였다. 제때 맞춰 도착한 경순에게 극장주가 웃어 보였다.

"만났는가? 그대의 동생. 그토록 보고 싶어했는데, 더 오래 보지 못해 아쉽겠네."

"제가 이 경성에 발을 붙인 순간부터, 순사들이 저만 쫓고 있지 않습니까? 저는 제 동생을 지키고 싶거든요. 무슨 수를 써서라도."

"죽음이 얼마 남지 않았다 하여도?"

"……예! 당연하지요."

극장주의 미소가 걷어지고, 이제는 경순이 편하게 웃고 있었다. 사실, 경순이 실행하려는 임무는 이미 모든 전략이 노출된 상태였다. 밀고자가 있었던 탓이다. 그것을 깨달은 경순은 일부러 자신의 위치나 신변을 일본 순사들에게 흘려두었다. 말 그대로, 전략상 죽는 말이었다. 이번 전략에서 살아남는 쪽 말은 승효였다. 경순이 일본 순사들의 시선을 옮겨두고, 승효가 상대적으로 무탈하게 임무를 해결하는 쪽으로 설계된 작전이었다. 그 사건을 설계한 건 극장주였다.

"왜 그리 표정이 어두우십니까?"

"네가 죽으러 가지 않느냐."

"죄책감 갖지 마세요. 이런 일을 하는 게, 동무의 몫입니다."

극장주는 자신의 책상을 매만졌다. 너무나도 안전한 책상 앞에서 너무 많은 동무들의 죽음을 바라봤다. 말 그대로 바라

244

보기만 했다.

"그 애가 이미 죽었어야 했던 저를 살려주지 않았나요. 그날, 그 배를 타고 미국으로 갔어야 했던 사람은 그 아이니까. 그러니까, 이번에도 옳은 선택이실 겁니다."

* * *

쪽배에서 떨어진 경순을 찾기 위해 물에 들어간 승효는 물속에서 경순을 찾아보지만 어두운 물속에서 찾을 길이 없었다. 배 안에 남은 건 나란히 벗겨진 신발뿐이었다. 이렇게 죽는 것까지 계획되어 있었던 건가. 뒤도 돌아보지 말고 가라는 말이, 자신의 어깨를 발로 밀치던 결연한 표정까지, 경순은 아마 이 결말을 알고 있었던 거다.

탕, 탕, 탕.

다시 한 번 쪽배를 향해 총알들이 쏟아졌다. 승효는 잠수해서 도망쳤다. 물속에 있던 승효의 머릿속은 한 가지 생각으로 가득 찼다.

이번 임무를 기필코 성공하겠다고.

승효는 강 밖으로 나와 아까 숨겨둔 돈 가방을 챙겨 달리기 시작했다. 다시 돌아가야 했다. 경성으로, 그래서 상해로!

* * *

작업실에 찾아왔던 승효를 배웅하고 나서야, 경희는 미뤄둔 일을 해야겠다고 다짐했다. 경순이 남기고 간 손수건 안의 쪽지를 펼쳐봤다.

'사랑한다.'

어떠한 말도 덧붙이지 않은, 그저 한 마디였다. 십여 년을 건너 마주한 말로 충분했다. 살아있다는 것만으로, 자신의 오랜 기대가 헛된 희망이 아니란 걸 증명해준 것이니.

11. 거사

　의복 감상회 당일 아침, 조선청년기독회관의 정문이 열렸다. 순이는 일꾼들과 함께 무대를 설치했다. 오래도록 그려놓았던 청사진 속 무대가 완성되고 있었다. 할 수 있을까 싶었던 질문들이 가득했던 나날이었다. 그런 질문들 사이로 성큼 다가온 거사의 날, 여느 때보다 침착할 수 있었다. 이미 많은 질문을 던졌고, 답을 찾은 이후였다. 질문할 것이 이제는 없었고, 시작할 때였다. 기다란 무대는 기독회관을 가로질러 정문 밖까지 길게 설치됐다. 일부러 흰 색으로 칠한 무대였다. 조명까지 켜니 유독 무대가 반짝거렸다. 순이는 무대의 시작점에 서서 무대의 끝을 바라봤다.

　또각, 또각, 또각.

　이제 막 도착한 채령이 무대 위로 올라와 순이 옆에 섰다. 순이가 무대를 바라보던 채령에게 말했다.

　"뭔가 활주로 같지 않아? 여기서부터 저기까지 걷고 나면 모델이 입고 나갔던 옷은 저 길의 끝에서 훨훨 날아갈 거야. 더 멀리, 더 밖으로, 더 자유롭게."

순이의 말을 들은 채령이 다시 무대를 바라봤다. 활주로라. 적확한 표현이었다.

"좋네, 활주로. 런-웨이."

순이가 무대 중앙으로 한참 걸어가다 뒤돌아 물었다.

"너 떠날 생각이지?"

순이의 물음에 채령이 놀란 눈으로 바라봤다. 순이는 채령이 그런 표정을 할 줄 알았다는 듯, 말을 이었다.

"왠지 그럴 것 같아. 이번에도 말없이 훌쩍 떠날 것 같아서 하는 말이야. 가기 전에 다녀오겠다고 말 한마디만 해줘."

채령은 그저 농담조로 답했다. 어디로 갈지 자신도 몰랐으니까.

"너야말로 어딜 갈 생각은 없어? 돈도 많겠다. 공부하고 싶은 것도 있겠다."

"글쎄다. 잘 모르겠어. 그냥 난 그렇게까지 하고 싶진 않아. 편해. 이곳이. 활주로는 가는 길만 있는 게 아니야. 돌아오는 길도 여기라고."

순이가 마치 신호수처럼 팔을 움직였다. 채령이 웃으며 그 모습을 바라봤다. 그래, 이 무대, 이 거사의 다음은 어디로 가야 할까.

"자, 진짜 마지막 연습이에요!"

무대의 시작점에 서 있던 채령이 큰 소리로 외쳤다. 무대 위 아래로 참여하는 모델들이 각자의 옷을 입고 서 있었다.

"조명!"

조선청년기독회관 2층에 설치된 조명들이 이리 저리 움직였다. 채령이 만족스러운 듯, 머리 위로 크게 원을 만들었다. 좋다는 뜻이었다. 조명이 알았다며 위아래로 크게 흔들렸다. 조명을 맡은 이는 협회장이었다. 협회장은 무대 위에 오르시라는 채령의 제안을 거절하고는 다른 일을 달라고 말했다.

"뭐라도요?"

"응, 뭐든. 아무거나."

"제가 제일 고생하는 거 하라고 하면 어쩌시려고요."

"근거 없이 구는 이는 아니라며."

"절 믿으시는 거예요?"

"그냥, 재밌잖아. 새로운 걸 해보겠다고 버둥거리는 게."

협회장은 그렇다고 이런 일을 줄 거라고는 생각조차 하지 못했다. 몸 쓰는 일을 주다니. 뜨거운 조명을 잡기 위해 두꺼운 장갑을 끼고 무거운 조명을 움직였다. 무대 위 청춘들을 조명으로 비췄다. 흰 무대에 조명이 드리우니 더욱 반짝였다. 늙은 이는 이 정도가 딱 좋았다. 무대 위 조명을 비춰주는 정도면.

"음악!"

풍악 소리가 울려 퍼졌다. 채령이 의복 감상회를 위해 준비한 음악은 국악이었다. 이번 조선 여자 유행 의복 감상회는 단순한 양장을 선보이는 자리가 아니었다. 한복을 유행에 맞게 바꾸고, 좀더 편하게 양장과 결합시킨 옷들을 선보이는 자리였다. 그러니 옷들은 양장이어도 음악은 국악이어야 했다.

채령은 무대 위 아래에 서 있는 모델들을 향해 외쳤다.

"오늘 아주 예뻐 봅시다!"

* * *

강변에서 도망쳐 온 승효는 먼저 중간 접선지로 향했다. 상해로 갈 수 있는 티켓과 신분증을 얻어야 했기 때문이다. 그런데 뭔가 잘못된 것 같았다. 중간 접선지로 활용하던 책방에 도착한 승효는 책방으로 내려가는 계단 앞에 쓰러진 책탑을 보고 깨달았다. 이미 역할을 잃은 접선지였다. 조직에 밀고자가 있었던 모양이었다. 경순도, 중간 접선지도 모든 것이 파괴되었다. 승효는 무너진 책탑을 보고 어디로 가야 하나 싶은 막연한 좌절감에 빠졌다. 오른손에 묵직하게 든 가방을 꼭 전달해야 했다. 죽는 한이 있어도 이건 꼭 해내야 하는 임무였다. 그 순간이었다. 책방으로 내려가는 계단을 야마토가 걸어 올라오고 있었다. 이미 그 안에 있던 동무는 죽었을 것이다. 야마토는 비릿한 미소를 지르며 승효를 향해 총구를 겨눴다.

"잡았다!"

야마토가 방아쇠를 당기는 것보다, 승효가 품안에 갖고 있던 연막탄의 안전핀을 뽑는 게 빨랐다. 연막탄의 가스가 좁은 책방 계단을 꽉 채웠다. 승효는 무작정 뒤를 돌아 달렸다.

순사들을 피해 달리던 승효는 어디로 가야 하나 싶었다. 지금 당장 몸을 숨길 곳이 없었다. 극장으로 돌아가야 하나. 하숙집으로 숨어야 하나. 몸을 숨기더라도 나갈 방도가 없는 곳들 뿐이었다. 그렇다고 숲속으로 숨는 것도 무리였다. 상해까지 가야 했다. 그러려면 기차를 탈 수 있어야 했다. 머릿속이 복잡했다. 어디로 가야 하나. 어디로 가야 이번 임무를 수행할 수 있을까. 어느새 야마토와 순사들이 총을 쏘며 달려오고 있었다. 총알 하나가 승효의 허벅지를 관통했다. 윽, 승효는 골목에 숨어 허벅지의 관통상 위로 자신이 매고 있던 넥타이를 풀어 꽉 동여맸다. 넥타이로 상처를 동여매는 승효의 머릿속에 떠오른 장소는 한 곳이었다. 사람들이 많고, 몸을 숨길 수 있는 곳으로 달렸다.

순사 한 명이 외쳤다.

"조선기독청년회관으로 갑니다!"

"몰아, 그곳으로밖에 갈 수 없게. 거기까지 가기 전엔 절대 죽이지 마."

거사가 일어난다는 밀고를 듣자마자 야마토의 계획은 이미 움직이고 있었다. 수훈이 건넨 셔츠가 단서였다. 총알이 지나간 피 묻은 셔츠라니, 분명 그 디자이너 주변에 불령선인이 있는 것이 분명했다. 이제 필요한 건, 엮어서 심증을 확증으로 만들 누군가였다. 하지만, 그 누군가를 찾는 일은 쉽지 않았다. 본격적으로 의복 감상회 작업에 몰두한 경희는 작업실 밖으로 나오질 않았으니. 그러던 차, 작업실에 낯선 소년이 찾아왔다. 잠복하던 순사들 중 소년을 알아본 이가 있었다.

"신영 극장에서 영사기사 보조로 일하는 놈인데?"

평소라면 얼굴 볼 일이 없겠지만, 종종 극장에서 표 받는 일을 도울 때가 있어 기억한단다. 재봉사와 영사기사 보조라, 수상한 흔적이야 찾아내면 그뿐이었다. 마침내 수면 위로 올라온 누군가였다. 그래, 저놈이로구나. 그런데, 진짜 그 소년은 불령선인임에 확실했다. 전혀 예상하지 못한 대어였다. 잘만 하면 두 마리 토끼를 잡을 수 있는 기회이기도 했다. 그때부터는 때를 기다렸다. 노리던 대상이 모든 것을 가졌다고 생각한 순간에 무너뜨려야 하니까. 그래야, 가장 잊지 못할 순간이 될 테니.

* * *

시계 바늘이 오후 8시를 가리켰다. 무대 중앙에 조명이 들어왔다. 협회장이 낑낑거리며 조명을 움직였다. 무대의 가장 하이라이트 조명이 채령을 비췄다. 채령은 무대 중앙에 서서 외쳤다.

"반갑습니다. 여러분. 오래 기다렸습니다. 오늘, 드디어 바로 이곳! 조선기독청년회관에서 조선 유행 여자 의복 감상회가 시작됩니다! 해괴망측한 것이 얼마나 아름다운지, 여러분에게

증명해보이는 자리에 참석해주셔서 감사합니다. 절대 실망시
키지 않을 것입니다."

의복 감상회의 시작을 알리는 음악 소리와 사람들의 환호가
울려 퍼졌다. 사람들은 예상보다 더 많이 몰렸다. 실내는 물론
이고 실외 자리까지 꽉 채웠다. 좀더 멀리에서 구경하는 이들
도 가득이었다. 풍물패의 연주가 시작되고, 의복 감상회가 시
작됐다.

이제 무대 뒤편 대기실도 바빠졌다. 순이는 등장 순서에 맞
춰 명단을 정리하고, 모델들을 줄 세웠다. 경희는 마지막으로
무대 위로 나가기 전 모델들의 옷을 매만졌다. 첫 순서는 점순
이였다. 개량한복을 입은 점순은 잔뜩 상기된 표정이었다.

"내가 잘 할 수 있을까?"

"당연하지."

점순이 첫 주자로 나서는 개량한복은 전통 한복보다 옷고름
길이는 짧고, 속치마는 그 수를 줄여 활동성이 높인 것이 특징
이었다. 점순이 성큼성큼 무대 위를 걸었다. 화려한 전통 문양
을 치맛단에 수놓았다. 관객석에서 현우는 무대 위 모델들을
촬영하기 위해 준비했다. 의복 감상회의 시작을 알리는 음악이
연주되고, 점순이 누구보다 힘찬 걸음으로 무대를 걸었다. 현
우의 카메라도 녹화를 시작했다. 그런 현우의 옆에 선 민수는
울면서 아기를 끌어안고 있었다.

"왜 그리 그렇게 우시오?"

"제 아내가 저리 아름다운 사람입니다."

민수는 아기의 손을 붙잡고 흔들었다. 점순이 무대를 걷다 민수와 아기를 보고는 긴장이 더 풀린 듯, 한 바퀴를 돌며 치맛자락을 휘날렸다. 치맛자락에 수놓은 문양이 훨씬 더 잘 보이게. 그 뒤로 나들이 복장들이 등장했다. 봄과 가을에 나들이 가기 좋은 옷들이었다. 걷기 편하게 주름이 많은 치마를 입거나, 널찍한 통의 바지를 입은 이들이 무대 위에 섰다. 활동하기 가장 편한 것이 특징이었다. 그래서 매고 있는 크로스백은 작고, 앞으로 챙이 넓은 모자에 허리선은 높았다. 여름에 주로 입는 수영복이 무대 위에 나서자 노출이 많은 옷에 다들 화들짝 놀랐다. 그럼에도 유독 선명한 색감과 수영복에 함께할 커다란 가방까지 사람들의 이목을 끌기에 충분했다. 몇몇 이들은 해괴망측하다고 욕했고, 몇몇 이들은 아무 말도 하지 않고 멍하니 보고 있었고, 몇몇 이들은 저런 옷을 입고 싶다고 했다.

현우는 그들의 반응들을 하나 하나 카메라에 담았다. 이 의복 감상회를 준비한 모든 이들을 떠올리며 이 현장을 담아내고 싶었다. 사실상 이 조선에서 열리는 가장 첫 번째의 패션쇼가 아닌가! 모두에게 처음인 순간을 담아내는 건, 더할 나위 없는 기회였다. 무대 위 제각기 다른 걸음걸이와 각기 다른 표정들, 형형색색의 옷들은 무대 위 모두를 주인공으로 만들기에 충분했다.

의복 감상회는 점점 끝을 향해 달려가고 있었다. 마지막으로 선보일 옷들은 연회에서 입는 옷이었다. 연회복의 첫 주자는 정아였다. 앞선 어떤 옷들보다 가장 선을 유려하게 드러내는 드레스들이 연이어 준비하고 있었다.

정아는 살짝 떨리는 손으로 자신의 옷매무새를 만져주는 경희의 손을 붙잡았다. 경희가 정아의 손을 잡아주며 물었다.

"괜찮으십니까?"

"괜찮아야지. 잘해야지."

"부담 갖지 마세요. 평소처럼 하시면 됩니다."

"그거 아니? 이 옷이 네가 나에게 지어준 첫 번째 옷이다. 영광이야. 내가 입었던 어떤 옷들보다 예쁘다."

정아는 경희에게 미소를 지어주고는 여느 때와 같이 당당한 걸음걸이로 무대 밖으로 나갔다. 한창 진행하던 채령이 마지막 의복들을 소개하고 무대 뒤편 대기실로 내려왔다.

"이제 네가 나갈 차례잖아. 마지막으로 네가 입을 옷, 입는 거 도와줄게."

경희는 벌써 자신의 차례가 되었나 싶어 마지막으로 준비되어 있던 붉은색 드레스를 바라보았다. 구두를 가리는 긴 드레스에 레이스를 둘러 우아함을 더했다. 반짝거리는 실로 수를 놓아 가장 화려한 옷이기도 했다. 원래 처음엔 채령에게 건넬 옷이었다.

"이 무대에서 마지막으로 인사를 해야 할 사람은 바로 너야."

채령은 경희의 제안을 거절하고는 경희에게 그 옷을 넘겼다. 채령이 경희에게 붉은색 드레스를 가져온 그 순간이었다. 비명이 들렸다. 누군가 무대 뒤편 대기실로 들어온 것이다. 채령이 놀란 모델을 진정시키고 달려 들어온 누군가를 막아섰다.

"여기는 출입금지입니다."

승효였다. 채령의 눈에 승효의 셔츠에 묻은 피와 승효의 다리에서 흐르는 피가 들어왔다. 채령의 미간이 잔뜩 찌푸려졌다.

"대체 어떤 인간이 들어온 거야?"

승효는 답을 하지 못하고 숨만 거칠게 쉬었다. 채령의 뒤편에 서 있다가 승효를 발견한 경희가 황급히 달려와 승효를 부축했다.

"제 이웃입니다."

"이웃?"

"예. 그저 의복 감상회를 보러 온 이웃입니다."

채령은 언젠가 전단지를 받아갔던 소년을 떠올렸다. 그 전단지가 가닿은 곳이 경희였구나. 오랜 인연들이 자꾸 엮이고 얽히고 있었다. 뒤이어 총성이 울렸다! 채령이 놀란 눈으로 승효를 바라봤다.

"이웃이 꼬리가 더럽네. 이곳에 끌고 온 사람들이 너무 많잖아."

"죄송해요."

승효가 힘없이 대답했다.

"해결해야지. 방법은 이제부터 찾아야 하고. 일단 난 저 밖에 문제부터, 여기는 빨리 알아서 고민해 봐."

대기실 밖으로 나선 채령이 마주한 사람은 지긋지긋하게도 야마토였다. 얘는 정말 어쩌면 이럴까. 무대 위에 야마토가 피 묻은 군화를 신고 서 있었다. 흰 무대 위에 핏자국이 묻었다. 대체 몇 명을 죽이고 이곳에 온 거지.

"여기 있다! 여기로 왔다고!"

야마토의 등장에 악사들도 연주를 멈췄고, 무대를 걷기 시작하던 정아도 온몸이 굳은 채 멈춰 있었다. 조명도 길을 잃은 채, 허공을 비추고 있었다.

"찾고 계신 이가 누구인지는 모르겠으나, 이곳은 의복을 감상하는 곳입니다. 나가주시죠."

채령이 무대 위로 올라 정아를 자신의 뒤로 보호했다. 야마토는 아주 반갑다는 표정으로 채령에게 다가섰다.

"웬 존댓말이야? 이곳은 지금 아주 위험한 상태야. 불령선인이 들어와 있거든."

"증거 있으십니까?"

"증거? 내가 못 만들 증거가 있을까? 누구도 감히 날 방해할 수는 없어."

야마토가 숨죽여 채령에게만 들릴 듯 말했다.

"어때? 이제 다 끝이야."

채령이 역시 작게 속삭였다.

"이제 지긋지긋하지 않아? 뭘 그리 집착해서 여기까지 치고 들어와?"

"뭐?"

"내 인생을 꼬이게 만든 건, 동경에서 끝났어야지. 그리고 그때, 네 마음도 끝냈어야지. 내가 분명 말했을 텐데, 너 같은 사내는 내 관심 밖이라고."

야마토가 채령의 뺨을 내려쳤다. 관중들은 숨죽이고 그들의 모습을 보고 있었다. 현우의 카메라의 필름이 달달달 돌아갔다. 모두가 숨죽인 고요 속에서 필름이 돌아가는 소리만 들렸다. 관중들 사이에 있던 현우가 큰 소리로 외쳤다.

"제대로 찍혔네. 너보다 높으신 분이 원하시던 선전영상이 혹시 이런 거려나? 이거 편집해서 공개해도 되나?"

채령이 살짝 입꼬리를 올려 웃었다. 야마토는 채령과 현우를 번갈아보며 깨달았다. 이건 당했다.

"이게 뭐 하는 짓이야!"

"제국의 모습을 찍으라며. 이게 현실이잖아. 초대받지 않은 불청객 말이야!"

현우가 능글맞게 웃어 보였다. 저 자식은 항상 저리 걸림돌이었다. 이제 다 왔는데, 채령을 손아귀 안까지 꽉 옭아맸는데. 채령이 픽하고 웃었다. 야마토의 손이 채령의 멱살을 꽉 잡았다. 채령은 지지 않고 야마토의 눈빛을 바로보고 말했다.

"넌 늘 그 모양이야. 폭력적이고 강압적이고 감정적이지. 그래서 네가 안 되는 거야. 여기서 더 찍히고 싶은 거야? 조선인을 때린 게 죄가 되는 세상은 아니지만, 그게 해외로 나가는 건 제일 두려워하는 일 아닌가?"

야마토가 입을 꾹 다물었다. 얼굴이 붉어졌다. 채령이 야마토가 붙잡고 있는 멱살을 내려다봤다. 어금니를 한 번 꽉 문 야마토가 멱살을 잡은 손에 힘을 풀었다. 채령이 군중을 향해 외쳤다.

"잠시 소란이 있었습니다. 다시 감상회 시작하겠습니다!"

야마토가 채령의 팔뚝을 꽉 잡자, 채령이 작게 말했다.

"그럼 확인해 봐, 샅샅이 뒤져도 네가 찾으려는 건 없을 걸? 그렇지만, 이 무대를 네가 멈출 권리는 없어."

채령이 야마토를 무대 아래로 끌어왔다. 무대 위에 무서운 듯, 멈춘 정아에게 채령이 작게 말했다.

"걸어라! 걸어! 어서!"

정아는 채령의 말을 듣고 다시 워킹을 시작했다. 악사들 역시 다시 연주를 시작했고, 관중들은 당황스러워하며 그 자리를 지키고 있었다. 여기서 나가는 것이 오히려 의심스러워 보일 터였다. 다시 무대 위에 한 걸음 한 걸음이 시작됐다. 정아는 더욱 당당히 걸었다.

* * *

무대 뒤편 대기실에서 경희는 승효의 얼굴과 셔츠에 묻은 피를 닦아줬다. 승효의 허벅지에서는 피가 울컥대며 흘러나오고 있었다. 경희는 자신이 매어준 넥타이가 허벅지를 동여매고 있는 걸 보며 벅찬 숨을 내쉬었다. 이렇게 쓰라고, 이렇게 입으라고 준 것이 아니었는데. 승효의 낯빛이 점차 하얘졌다. 그 와중에도 승효는 들고 온 가방을 꽉 쥐고 있었다.

"괜찮아요?"

"예⋯⋯."

"좀만 참아요. 의원을 불러야겠어요."

"아뇨! 그냥, 지혈 정도만 부탁합니다."

"그래도⋯⋯."

"나 이거 해야 돼요."

승효는 애써 웃으면 자신이 안고 있는 돈가방을 툭툭 쳤다. 경희는 허벅지 상처 위로 커다란 흰 천을 꽉 매어주며 눈물을 뚝뚝 흘렸다. 승효가 금방이라도 쓰러질 것 같았다. 이러다 죽어도 당연할 것 같은 모양새였다.

"미안합니다. 내가 당신들의 거사를 망치려 한 것은 아닌데, 올 곳이 여기밖에 없었어요."

"어서 나갈 준비해요."

야마토의 고성이 밖에서 들려왔다. 승효가 고개를 저었다.

"아뇨. 그냥 돈가방을 맡길게요. 내가 잡히는 게 낫겠어요. 저 순사놈들이 여기 얽힌 모든 이들을 괴롭힐 겁니다."

"해내야 한다면서 그렇게 약하게 굴 거예요?"

"나갈 곳이 없잖아요."

"무대 위로. 무대 위로 나가요. 이제 곧 의복 감상회가 끝나니까. 사람들이 우르르 빠져나갈 때, 같이 빠져나가요. 무대 맨 끝에 관중들 사이로 내려갈 수 있는 계단이 있어요."

"이 피 흘리는 다리로 어떻게 걸으면서 티를 안 낼 수 있겠어요. 안 돼요."

"그들이 생각하지 못할 길로 가세요. 당당하게."

경희는 자신이 입기로 했던 붉은색 드레스를 보았다. 저 옷의 주인을 찾은 것이다. 경희가 다행이라는 표정으로 승효를 바라봤다.

* * *

"저희 의복 감상회의 마지막 의복을 공개합니다!"

채령의 소개에 맞춰 붉은색 드레스를 입은 승효가 무대 위로 등장했다. 긴 머리의 가발을 쓰고 화장한 채 여인의 드레스를 입은 승효를 아무도 알아보지 못했다. 경희가 입고 나올 옷이었던 드레스를 보고 나서야 채령은 자신이 마주했던 소년이 저 여인이라는 걸 깨달았다. 야마토와 순사들에게 무대 위를 걸어가는 승효는 안중에 없었다. 무대 위에 있는 저 여인이 자신들이 쫓고 있던 그 영사기사일 리가 없으니까. 경희는 승효가 들고 나가야 한다는 갈색 가죽 가방을 흰색 천으로 감싸주었다. 흰 천으로 감싸 정체를 숨긴 돈가방까지 승효가 든 채로 자연스럽게 무대를 걸었다. 저 무대의 끝에서 승효는 상해로 가는 방향으로 이륙할 예정이었다. 승효는 무대 끝에 있는 계단을 한 걸음 한 걸음 조심스레 내려갔다. 그렇게 화려한 드레스를 입은 채, 승효는 의복 감상회 현장을 유유히 벗어났다.

바로 옆 골목까지 걸어간 승효는 경희가 벗기 쉽게 만들어둔 허릿단의 끈을 풀어냈다. 승효에게 옷을 입혀주던 경희는 겉으로는 하나의 드레스로 보이지만, 투피스로 쉽게 벗을 수 있는 옷으로 만들었다고 설명했다.
"훨씬 쉽죠? 이 무대를 벗어나면 아래 치맛단만 풀어내시면 되어요. 그럼 훨씬 달리기 쉬우실 겁니다."
아래치마만 손쉽게 벗고 이제는 붉은색 상의에 검정 바지를 입은 승효가 경성역을 향해 달렸다. 모두가 도와준 이번 임무를 완수하기 위해.

* * *

드디어 의복 감상회의 진짜 마지막 순간이 찾아왔다. 채령이 경희를 소개했다.

"이번 조선 여자 유행 의복 감상회의 디자이너 이경희씨를 소개합니다."

경희는 단정한 본인의 원래 옷차림으로 무대 위에 올랐다. 앞서 화려하게 꾸민 옷들과 달리 수수한 모습으로 나온 경희의 모습에 채령은 작게 웃었다. 그래, 저 아이는 저래야지. 경희는 관중들 앞에서 자신을 소개했다. 처음으로 자신의 이름을 옷들 뒤에 붙이는 날이었다.

"디자이너 이경희입니다."

경희는 우레와 같이 터지는 박수 소리와 흥 넘치는 음악 소리에 벅찬 마음이 들었다. 그러다 관중들 사이 수훈과 눈이 마주쳤다. 가만히 있던 수훈이 두 손을 위로 올려 경희를 향해 박수쳤다. 그래, 이제 완벽히 인정하는 순간이었다. 그와의 인연이 모조리 끊기는 순간, 이건 일종의 선언이었다. 이제 당신과 나는 다른 길을 간다고. 그러고는 수훈은 먼저 관중들 사이를 빠져나왔다. 허무했다. 인정할 수밖에 없는, 넘을 수 없는 한계를 마주했으니까.

모든 것이 끝난 의복 감상회는 하룻밤 꿈처럼 아무 일도 없었다는 듯이 정리됐다. 경희의 단정한 옷을 보며, 채령은 그 옷이 최선이었냐고 물었다.

"전 제일 잘 알고 있습니다. 이리하면 제가 가장 아름다울 걸요."

"경희씨도 생각보다 뻔뻔한 구석이 있구나?"

빈 무대에 기댄 채령이 경희에게 물었다.

"그럼 이제 미국으로 가요? 언니도 만나고 공부로 하러?"

"아뇨."

"아이고, 현우는 또 거절당했네."

경희가 작게 웃었다.

"제 양복점을 열려고요. 굳이 멀리서가 아니라 내 옆에 있는 이들을 위한 옷을 만들고 싶어졌어요. 선생님께서 오신다면 공짜로 옷 한 벌 해드릴게요."

"그래? 그 약속 평생 유효한 거지? 나는 되게 멀리 갈 생각이거든."

그날, 의복 감상회가 끝나자 채령은 홀연히 사라졌다. 야마토가 누군가에게 총 맞아 죽었다는 소문이 돌았다. 그 범인은 끝내 밝혀지시 않았다. 미국으로 가지 않겠다는 경희의 다짐을 들은 현우는 혼자 미국으로 가는 길에 올랐다. 다 불타버린 선전 영화의 필름만 남긴 채. 경희는 멋쩍게 뒷머리를 긁적이던 현우의 마지막 모습을 기억했다. 현우는 미련이 남은 듯, 자꾸 뒤를 돌았다.

"다음에 다시 보면 꼭 새로운 옷을 해줘야 합니다."

현우는 이번에도 경희의 선택을 존중했다. 현우는 설득할 생각도 하지 않았다. 항상 이런 선택을 할 사람이라서.

그렇게 하나둘 의복 감상회를 위해 모였던 모든 이들이 뿔뿔이 흩어졌다. 야마토가 죽은 이후로, 순사들이 의복 감상회에 참여했던 모두를 들쑤시기 시작한 탓이 컸다.

지금은 도망갈 시간이었다. 지금은 잠시 멈추고 사라질 시간, 원하던 것을 이뤘지만, 지키기 위해 숨어야 하는 시간, 충분했다. 이 정도면 대견한 일이었으니까. 잠시 사라지고 나면 다시 돌아올 수 있을 것이었다. 경희도 잠시 경성에서 자취를 감추었다.

1936년 경성, 겨울

소란스러웠던 의복 감상회가 끝난 지, 2년 정도가 흘렀을 때, 경희가 다시 경성으로 돌아왔다. 돌아온 경희는 양복점을 하나 차렸다. 가게 이름은 그저 양복점이 다였다. 다른 단어를 하나도 붙이지 않았다. 그저 아는 사람들만 알음알음 경성의 뒷골목으로 찾아왔다. 점원으로는 정아가 함께였다. 이번엔 재봉사가 아니라 카운터를 담당했다. 돈을 맡기고 나니 정아의 재주가 반짝였다.

"맨날 적자야! 어떻게 하려고 그래?"

"그래도 단골분들이 계시니까."

말이 떨어지기 무섭게 단골인 순이가 양복점에 찾아왔다.

양복점에 단골로 찾아와서는 옷을 짓기보다는 로비 소파에 앉아 있는 일이 일상이었다. 채령과 함께 차렸던 신주여는 검열로 문을 닫았고, 순이는 자신의 아버지가 하던 사업을 잇고 있었다.

"우리 아버지가 또 혼인을 하신다는 거야. 어쩜 그렇게나 체력이 좋지? 나보다 건강한 것 같애."

"나는 니네 아버지 취향은 아니려나."

"너는 꼭 그렇게 말하고 싶니?"

"내가 네 엄마가 되면 너한테 막 대할 수 있는 거 아냐?"

"진짜!"

정아와 순이는 매번 매섭게 싸워댔다. 그정도면 싸우려고 놀러오는 게 아닌가 싶을 정도로. 매번 중재하는 건, 삯바느질 일감을 받아가는 점순이었다. 아기를 키우며 점순은 자신이 더욱 관대해진 것 같다고, 어른처럼 굴었다. 왁자지껄한 양복점 밖으로 겨울바람이 강하게 불었다.

"이번 달엔 따뜻하면서도 가벼운 옷을 만들어야겠어요."

"참으로 말로는 쉽다. 또 그런 건 어찌 만드려고."

"바람이 센데, 따뜻하고 움직이기 좋은 옷이 있으면 좋잖아요. 이런 날에는 꼭 필요할 거예요."

"너도 참!"

정아는 이런 사장님을 믿고 따라도 되나 싶다. 돈 벌 생각은 안 하고 하고 싶은 것만 하니. 정아의 한숨에도 경희는 웃음이

났다. 계속 이렇게 옷을 만들 수 있어 다행이었다. 그 순간, 양복점 문이 열렸다. 경희가 손님으로 들어온 이를 맞이하러 나갔다. 찾아온 이의 얼굴을 보자마자 경희의 표정이 환해졌다. 오래 그리워하던 얼굴이었다.

"옷 맞추러 왔는데요?"

오래 그리워하던 이가 해맑게 웃었다.

"잘 오셨습니다. 세상에서 가장 아름다운 옷을 지어드리죠. 오로지 당신만을 위한."

-끝-

인류 문화가 최고 속도로 발달되는 이때 우리의 생활에 있어서도 어느 것이고 새로워지지 않는 것이 없으나, 아직껏 그의 보조가 느리다고 아니 볼 수 없다. 우리 생활에 있어서 중요치 않은 것이 없으나 의·식·주 세 가지처럼 중요한 것이 없다. 의복 문제만 하더라도 외국에서는 철을 따라 제도가 바뀌게 되는데, 그럴 때마다 그것을 일반에게 발표하여 비로소 유행품이 되는 것이다.

유행이란 나쁜 방면으로 보아서는 폐해가 있지만, 좋은 방면으로 인도한다면 한없이 좋다고 볼 수 있다. 그런데 조선에서는 아직도 유행에 대한 관심이 적고 인식이 부족해서 의식주 방면에 있어서 묵은 탈을 벗지 못하고 있는 것이 퍽 많다.

인사동 태화 여자관 안에 있는 조선직업부인협회에서는 이 점에 느낀 바가 있어 오는 16일 오후 8시 반에 종로 중앙기독청년회관 내에서 조선 유행 여자 의복 감상회를 개최케 되었는데, 여자 의복으로 가정에서 입는 옷, 일할 때 입는 옷, 나들이갈 때 입는 옷, 연회 때 입는 옷, 조상갈 때 입는 옷, 수영복, 운동복, 그 외에 여러 가지 조선옷을 현대에 조화시킨 것인데, 옷들은 입고서 일반에게 뵈일 터이다. 종래에 없던 회합이라 한 이채를 떨칠 것이며, 일반 가정에서는 많이 구경오기를 바란다 한다.

조선일보 | 1934.06.16 기사

작가의 말

소설 《경희: 모던 걸 런웨이》에는 다양한 인물이 등장합니다. 주인공 '경희'를 둘러싸고 채령, 현우, 승효, 점순, 정아 등등 각자의 신념을 갖고 살아가죠. 이 이야기를 쓰면서 크게 1부와 2부로 나누었는데요. 1부에서는 주로 '경희'가 자신의 주변 인물들에게 영향을 줬다면, 2부에는 변화의 시기를 보낸 인물들이 다시 찾아와 '경희'를 돕습니다. 이 작품을 관통하는 '조선 유행 여자 의복 감상회'라는 역사적 사건은 혼자서 해낼 수 있는 일이 아니었습니다. 메시지를 표현할 옷과 그 옷들을 입어줄 사람이 필요했죠. 그래서, 그 감상회를 통해 자신의 목소리를 내고자 하는 여성들이 힘을 합쳤습니다. 그렇기에, 저는 경희 역시 혼자 두고 싶지 않았습니다. 1부의 경희가 가진 '지금보다 더 나아질 것이라는 믿음', '좋아하는 것에 최선을 다하는 용기', '간절히 이루고 싶은 꿈' 등 경희에게 영향을 받은 인물들이 수렁에 빠진 2부의 경희에게 먼저 손을 내밉니다. 이처럼 경희가 얻게 되는 응원들은 사실은 경희 자신에게서부터 시작된 거였죠.

믿음, 용기, 꿈과 같은 가치는 순수해서 귀하지만, 그래서 무너지게 되기도 합니다. 심지어, 그때가 일제강점기라면 더욱 그렇겠지요. 그럼에도 불구하고, 함께라면 결국에 런웨이의 끝으로 걸어나가 자신이 하고자 하는 곳까지 도달할 수 있을 거라 믿습니다. 경희의 걸음에 혼자가 아니었던 만큼, 누군가와 함께하는 것이 여전히 필요한 시대에 서로가 서로에게 좀더 쉬이 손을 내밀 수 있으면 좋겠습니다. 그 손길은 계속해서 이어질 테니까요.

　'경희'의 이야기를 처음 쓰게 된 건 2018년이었습니다. 그로부터 7년이라는 시간이 지나서 이렇게 소설로 선보이게 되었네요. 그래서 이번 출간 자체가 제게는 가장 오랫동안 품고 있던 이야기를 내보내는 것 같아 기분이 묘합니다. 적확한 단어일지는 모르겠지만, 여러 감정이 드는 것 같아요. 후련하기도 하고, 동시에 좀더 품에 안아 갈고 닦고 싶은 마음도 들고요. 제게 '경희'의 이야기는 특별합니다. 이 이야기는 가장 먼저 영화 시나리오 〈경희〉로 완성했었고, 그 시나리오가 신춘문예에 당선되면서 제가 작가로서 작업을 이어갈 수 있었거든요. 그러니, 제가 계속 글을 쓸 수 있게 만들어 준 소중한 작품입니다. 그때의 저는 사실 〈경희〉를 끝으로 잠시 글 쓰는 것을 멈출 생각이었거든요. 그래서 이렇게 선보이는 시간이 설레기도 하지만, 떨립니다. 제가 오랜 시간 '경희'의 이야기를 갈고 닦았던 만큼, 그저 독자분들께도 이 이야기가 즐겁길 바랄 뿐입니다.

그리고 이 소설의 끝에서 경희의 양복점에 찾아온 손님은 누구였나요? 독자분들마다 다른 사람이 찾아오지 않았을까 싶습니다. 어떤 이의 어떤 모습을 상상하셨는지 무척이나 궁금합니다.

독자분들께서도 오래 그리워하던 이와 마주하시길 바라며, 소설 《경희: 모던 걸 런웨이》가 세상에 나올 수 있게 애써주신 모든 분들과 저와 함께 걸어주는 가족들에게 감사의 말을 전합니다.

고혜원 드림